我能拯救地球

主编 /赵敏舒

50件阻止全球变暖的小事

天津科学技术出版社

图书在版编目（CIP）数据
50件阻止全球变暖的小事 / 赵敏舒主编. -- 天津：
天津科学技术出版社，2010.12
（我能拯救地球）
ISBN 978-7-5308-5987-2

I. ①5… II. ①赵… III. ①温室效应—青少年读物
IV. ①X16-49

中国版本图书馆CIP数据核字（2010）第232399号

策划编辑：郑东红
责任编辑：张　跃
责任印制：王　莹

天津科学技术出版社出版
出版人：蔡　颢
天津市西康路35号　　邮编：300051
电话(022) 23332399 （编辑室） (022) 23332393 （发行部）
网址：www.tjkjcbs.com.cn
新华书店经销
北京市北关闸印刷厂印刷

开本　787×1092　1/16　　印张　12　　字数　50 000
2011年1月第1版第1次印刷
定价：29.80元

践行环保，从这一秒开始

告急！告急！地球母亲告急，她已不堪重负，气喘吁吁了。

酸雨污染、温室效应、臭氧层破坏、土地沙漠化、森林面积锐减、物种灭绝、垃圾成灾、水土流失、大气污染、水资源短缺等等，一系列环境问题，让昔日一颗美丽的蓝色星球如今已满面疮痍，伤痕累累了。环保与节能势在必行，你我他每个人都要积极行动起来，保护我们共同的家。不要认为环保是个大课题，一个人的力量微不足道，请记住：环保无小事，一切从我做起，每个人都是能拯救地球的其中一人。

有了使命感，我们还要了解自己应当怎样拯救地球。如何节约和回收各种能源？如何保护植物？如何保护动物？如何保护天空？如何阻止全球变暖？怎样的生活方式才能称得上“绿色生活”？自己平常无意间的哪些行为是不环保的，甚至还给环境造成了损害？上述所有问题的答案都在《我能拯救地球》中，它为每一个环保小卫士指明了道路。丛书共分 10 册，

分门别类地从十个方面介绍我们可举手之劳尽行环保。节能环保，生活中的点点滴滴，举手之劳，尽力而为。我们是24小时环保主义者，肩负着拯救地球、延续文明的重任。

践行环保，从这一秒开始。环保的重要性，其实每个人都知道并且也支持，但就是行动上力度不够，其中原因诸多，但不外乎未养成习惯及从众心理作祟等。随着节约型社会的到来，节约，不只是经济行为，更是一种环保时尚。谁不节约谁可耻！我们有一千种理由保护环境，却没有一条理由破坏我们生存的家园，请不要轻置每一个行为。

很久以前的大自然是我们不知道的样子，很美；现在的大自然是我们熟悉的样子，但不亲切。希望某天一早醒来，能够再拥有那样一个只在雨后才能呼吸到的清新空气，远远的有鸟儿的啁啾，望尽远处近处，满眼的绿。未来社会的面貌取决于今天人们所做的一切，绿色环保之路任重道远。

目录 Contents

目录

Contents

保护环境，争做地球小主人

不知道从什么时候起，我们这个赖以生存的地球突然变成了老爷爷，不再是以前那个强壮的小伙子了。人类为了生存所进行的资源及能源的开发和利用是越来越多，气体的排放，空气的污染，越来越严重，致使地球这个强壮的小伙子一天天地在变弱，而人类无休止地开发资源，使地球环境的生态系统正在遭到越来越多的破坏，直接导致了可怕的温室效应，人类的生存环境前景令人堪忧。所以，全面科学地保护自然环境，预防全球变暖，维持生态的多样性，达到人和自然之间的协调，在今天变得尤为重要。

地球爷爷，我是一个关心并热爱您的小学生。从电视上看人类的所作所为极为痛心，您一直那么呵护我们，不让外界伤害我们，但是人类仍然对您取之无度，用之无节，我十分难过。虽然，我一个人的力量太单薄，不能为您作出很大贡献，但是我可以从自身做起，并呼吁同学们一起保护您，用我们的实际行动让您不再受到伤害。

1 打开一扇窗

多开窗

我国每年人均排放约25吨二氧化碳，怎样减少这个数字？有一些简单有效的方法：打开窗户取代室内空调，夏天使用空调时温度稍微调高几度。数据统计表明，只要所有人把空调调高一度，全国每年能省下33亿度电。

2 挂根晾衣绳

研究表明，一件衣服在清洗和晾干过程中会释放60%的“能量”。需要注意的是，洗衣时用温水，不要用热水；

衣服洗净后，挂在晾衣绳上自然晾干，不要放进烘干机里。这样，你总共可减少90%的二氧化碳排放量。

3 关掉多余的电灯

关掉不必要的电灯难道不是举手之劳吗？事实上我们往往忘记了这一点。白天少开或关掉电灯，夜晚家里人尽量在同一个房间里活动，走出家门时随手关灯……养成良好的习惯，节约下来的能源数量惊人。

4 及时关掉电脑

统计数据显示，家庭中75%的用电都消耗在使用电视、电脑和音响等保持待机状态上。一台台式电脑平均每天耗电60～250瓦。如果一台电脑每天使用4小时，其他时间关闭，那么每年能节省约500元人民币，且能减少83%的二氧化碳排放量。

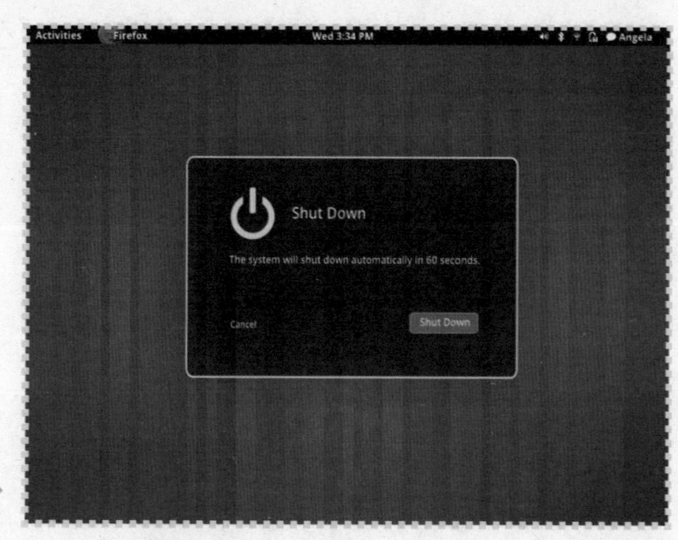

请及时关掉电脑

公共交通，绿色出行

5 多乘公交车

交通产生的二氧化碳占温室气体排放量的30%以上，减少此类排放量的最好办法之一是：乘坐公交车。美国公共交通联合会称，公共交通每年节省近53亿升天然气，这意味着能减少150万吨二氧化碳的排放量。

6 网上付账单

在网上进行银行业务和账单操作，不仅能够节省时间，还能避免在发薪日开车去银行，减少不必要的二氧化碳排放，能减少纸质文件在运输过程中所消耗的能源。

7 解下领带

夏天里日本商界白领会纷纷脱下他们标志性的深蓝色职业装，换上领子敞开的浅色衣服。这是日本政府为节约能源所做的努力。每年夏天，政府办公室的温度一直保持在28℃。整个夏天，日本因此减少排放二氧化碳7.9万吨。

8 舍弃牛排

联合国数据显示，全球肉制品加工业排放的温室气体占排放总量的18%，甚至超过交通业。地球上共有15亿头家养牛和野牛，17亿只绵羊和山羊，而它们的数量还在快速增长。如果你转做一名素食主义者，每年的二氧化碳排量将减少约1.5吨。

美味的牛排还是尽量少吃

9 自备购物袋

每年全球要消耗超过5000亿个塑料袋，其中只有不到3%可回收。塑料袋都由聚乙烯制成，掩埋后需上千年时间才能实现生物递降分解，期间还会产生有害的温室气体。下次去杂货店的时候，别忘记自备购物袋。

10 种下一棵树

谈到全球变暖，如果你不了解复杂的碳捕捉（CCS）技术，那也不必慌张。事实上“捕捉”二氧化碳的能手就是树木本身。要是你嫌自己种树太麻烦的话，至少可以捐钱给环保组织，让他们代劳。

我们从这些一点一滴的小事做起，让我们更加爱护地球，不仅因为它是我们的母亲，它还是我们赖以生存的载体……

珍惜资源，保护资源，节约资源，人人有责。让我们从现在做起，从我做起，珍惜地球母亲赐予我们的一切自然资源，使我们的家园年年春光灿烂！

茂密的深林

成林的树木

请别用纸点燃地球

同学们，你们知道西南大旱、北方降雪频繁的原因吗？知道全球灾难性气候为什么会屡屡出现吗？这一切都跟全球变暖有关。直接导致这种问题产生的原因就是二氧化碳气体的大量排放。作为地球上的一员，我们有责任去爱护、维护好我们共同的家园——美丽的星球。我们要转变生活观念，倡导低碳生活，养成勤俭节约的好习惯，从我们身边的小事做起。首先就是从我们每天离不开的纸张使用上做起，要合理利用纸张。

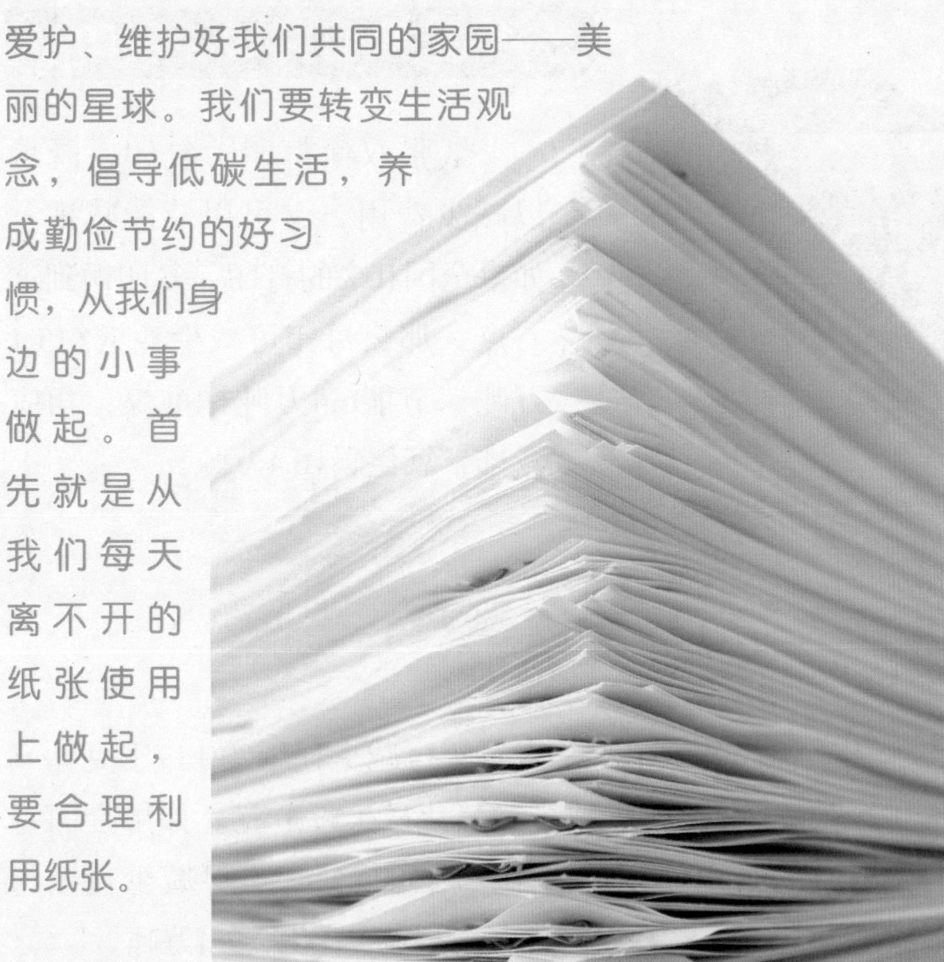

1 重复使用教科书

重复使用教科书是大势所趋，减少一本新教科书的使用，可以减少耗纸约0.2千克，节能0.26千克标准煤，相应减排二氧化碳0.66千克。如果全国每年有三分之一的教科书得到循环使用，那么可减少耗纸约20万吨，节能26万吨标准煤，减排二氧化碳66万吨。

2 纸张双面打印、复印

我们共建的花园

纸张双面打印、复印，既可以减少费用，又可以节能减排。如果全国10%的打印、复印做到这一点，那么每年可减少耗纸约5.1万吨，节能6.4万吨标准煤，相应减排二氧化碳16.4万吨。

3 用手帕代替纸巾

用手帕代替纸巾，每人每年可减少耗纸约0.17千克，节能0.2吨标准煤，相应减排二氧化碳0.57千克。如果全国每年有10%的纸巾使用改为用手帕代替，那么可减少耗纸约2.2万吨，节能2.8万吨标准煤，减排二氧化碳7.4万吨。

4 用看过的报纸练毛笔字

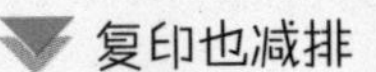

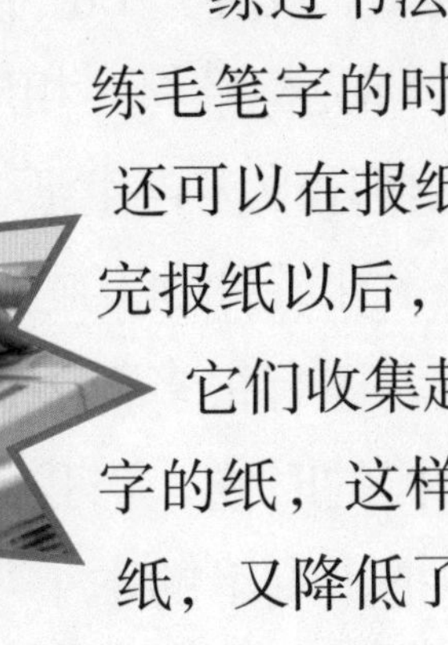

复印也减排

练过书法的同学都知道，我们在练毛笔字的时候除了选用宣纸以外，还可以在报纸上练习，所以当家长看完报纸以后，我们不要随手扔掉，把它们收集起来，作为我们练习毛笔字的纸，这样既节省了资源，减少耗纸，又降低了二氧化碳的排放。

5 用电子书刊代替印刷书刊

如果将全国5%的出版图书、期刊、报纸用电子书刊代替，每年可减少耗纸约26万吨，节能33.1万吨标准煤，相应减排二氧化碳85.2万吨。

6 用电子邮件代替纸质信函

在互联网日益普及的形势下，用1封电子邮件代替1封纸质信函，可相应减排二氧化碳52.6克。如果全国三分之一的纸质信函都用电子邮件代替，那么每年可减少耗纸约3.9万吨，节能5万吨标准煤，减排二氧化碳12.9万吨。

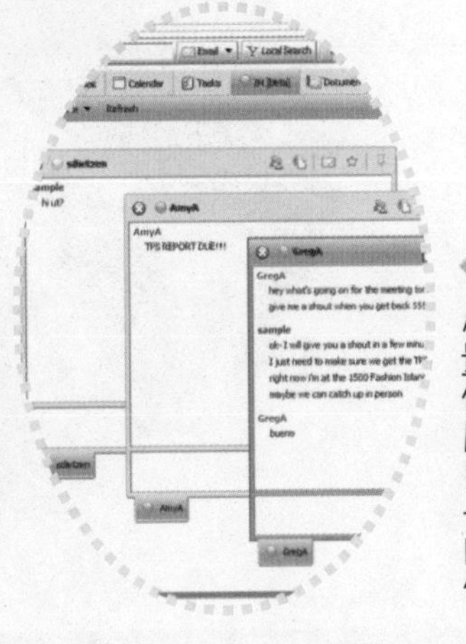

尽量使用电子邮件

7 使用再生纸

用原木为原料生产1吨纸，比生产1吨再生纸多耗能40%，使用1张再生纸可以节能约1.8克标准煤，相应减排二氧化碳4.7克。如果将全国2%的纸张使用改为再生纸，那么每年可节能约45.2万吨标准煤，减排二氧化碳116.4万吨。

生活中节约用纸的地方还有很多很多，当我们开始在演算纸上随意涂抹几下就扔掉的时候，当我们在饭店随意地浪费餐巾纸的时候，当我们把用剩下的本子当成废纸扔进垃圾桶的时候，当我们肆无忌惮地浪费纸资源的时候，请想一想我们的地球母亲，想一想我们生存的家园，为了我们能有更好更健康的生存环境，为了我们人类与大自然的和谐共存，同学们，请从身边的小事做起，节约用纸，节省煤资源，不让地球继续升温。

再生纸

吃出的温室效应

同学们，你们知道吗？我们减少食物的摄取量不但可以帮我们控制体重、节约能源，同时还可以有效地减少二氧化碳的排出，抑制温室效应。

随着食物和燃料费用高涨，以及全球暖化所支出的财政费用不断增加，科学家们提出了一项新的应对之道：建议民众未来逐渐减少食物摄入量。

生活所需的食物

根据美国伊利诺大学的报告预测，以后的食物价格将会更高，预算的紧缩将让减少食量成为人们不可避免的生活方式。当人们吃得少时，体态自然会更好，健康状况跟着改善，进而减少医疗保健上的花费。另外科学家也指出，吃得少有助于减少温室气体的排放，省下由温室效应所带来将近10亿美元的财务损失。

大卫·皮蒙特尔与他康奈尔大学的同事在《人类生态学》杂志所发表的研究显示，美国大约有19%的能源是消耗在生产与供应食物上，而动物产品和垃圾食物的生产又比马铃薯、米、水果和蔬菜等消耗更多的能量和其他资源。

垃圾食品

芝加哥大学的研究员基东·伊谢尔和帕米拉·马丁在2006年也提出一项研究，说明素食者比吃荤的人较能节省能源，而吃红肉或鱼类的人则最浪费能源。因此皮蒙特尔和他的团队提出建议，只要降低垃圾食物和饮食中肉类的摄取，便可减少燃料的消耗及增进健康。

事实上，早在2008年年初，专栏作家本杰明·瑞德福就已提出：“想要帮助地球就从减轻体重开始！”一般美国人每天消耗的卡路里约是3747卡（1卡=4.184焦），研究人员认为至少可以再减少1200卡。

素食

能源价格上涨影响了作物的价格。伊利诺大学的农业经济学家盖瑞·史奇尼特其说，生产氮肥的费用80%是用在天然气上，由于天然气的价格高涨，未来玉米将涨价82%、大豆则涨价117%。同样的，当油价上涨，农作物的收成和运输势必花费更多的金钱。尽管农民可能会承担增加的费用，史奇尼特其仍认为能源引发的高生产成本让食物费用无法降低，消费者未来一定得支付更多的费用在谷物、糖浆以及由谷物所饲养的牛的肉制品上。少吃食物将会是最省钱的

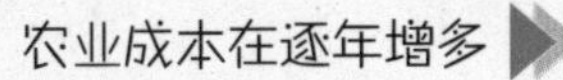
农业成本在逐年增多

方法之一。

有研究发现全球暖化是由燃烧石化燃料所散发的温室气体造成的。美国近年来处理温室效应的花费越来越多，其中部分损失是花费于水源问题和日渐减少的旅游业。美国有八个州：科罗拉多、佐治亚、堪萨斯、伊利诺、密歇根、内华达、新泽西和俄亥俄，结果发现这八个州在温室效应的成本上高达10亿美元甚至更多。马里兰大学负责指挥“协同环境研究中心”的如思·马提亚斯说：“延迟行动或不采取行动将增加更多的亏损。”

减少卡路里的摄取可以延长寿命，如果我们都能接受更环保的生活方式，认识到食物的选择也能影响能源利用，让愈来愈多的人选择当地良好的、没有被过度处理和包装而造成营养流失的食物时，地球的环境将更加干净，人们也会更加健康。

植树造林，守护正在融化的冰山

为了满足人类的发展，大量的地下能源被开采出来。曾几何时，这些能源给人类带来了极大的便利，也为社会的发展提供了坚实的基础。但由于对资源的过度使用等原因，我们赖以生存的地球变暖了，气候的反常使四季变化也模糊了，各种可怕的自然灾害逐年加剧。科学家们预言，如果地球温度继续升高，冰山一旦融化，海平面提高，那将殃及地球上沿海的国家。

从地球母亲的呐喊声中感受到她的发怒了吧！冰山融化，沙漠化加剧，泥石流山洪暴发，瘟疫扩散，粮食减产，火山地震等这些自然灾害直接或间接与地球温度升高有关。

植物，起着净化空气的作用，可以降低二氧化碳的含量，植树造林，对于预防地球变暖有着很重要的作用。

1 守护正在融化的冰山

人类很少到达的极地，却是地球环境平衡的焦点，那千万年聚集的冰山是地球母亲的忠实守护者，却遭受到了严重的威胁。全球暖化使南北极的冰层迅速融化，海平面不断上升。世界银行的一份报告显示，即使海平面只小幅上升1米，也足以导致5600万发展中国家的人民沦为难民。而全球第一个被海水淹没的有人居住岛屿即将产生——位于南太平洋的巴布亚新几内亚的卡特瑞岛，目前岛上的主要道路水深及腰，农地也全变成了烂泥巴地。

蓝天

卡特瑞岛

冰川融化主要是因为全球气候变暖造成的，所以有效地控制二氧化碳含量增加，控制人口增长，科学地使用燃料，加强植树造林，绿化大地，在防止温室效应的同时，也起到了防止冰川融化的作用。

释放氧气的树木

2 植树造林，保护植被

大树可以吸入空气中的二氧化碳，为我们释放出人体所需要的氧气，所以要植树造林，保护植被和减少（最好停止）氯氟烃（CFCs）的排放，有效地修复臭氧层，是十分必要的。同学们，植树节的时候，别忘了参加有组织的植树活动，让我们为美好的明天贡献一份力量，让我们为共同生存的环境换上一件绿装，让我们为地球母亲制造更多的氧气。当我们一天天看着小树长大的时候，我们的环境一定会改善，我们的地球母亲也一定会更加健康、美丽。

防止沙尘暴，控制沙漠化加大

“风沙风沙满天飞，你为谁憔悴？”近两年沙尘天气频频出现，沙尘暴已经成为我们心中的“恐怖分子”，它不但破坏了环境，给我们的生活带来很多不便，同时也加剧了地球的升温。因此防治沙尘暴，也将成为防止地球变暖，改善地球环境的有效措施。

总结沙漠化的成因应主要包括以下几类：

1.滥垦。滥垦是指在不具备垦殖条件又无防护措施的情况下，在干旱、半干旱和半湿润地区进行的农业种植活动。它有两种方式：一是随着人口的增长，人均占有粮食数量不断下降，农牧民在粮食单产较低的生产条件下为增加粮食产量盲目开荒，其规模较小，但量大、面广，数量难以统计。二是有组织的开荒，其特点是规模大、范围广。据内蒙古、新疆、青海、黑龙江等10省（区）不完全统计，近20年来草地被开垦6.8万平方公里，其中大多是水草丰美的各类放牧场和割草场。

2.滥牧。滥牧是指超过天然草地承载能力的放牧活动。随着人口增加和受市场利益驱动，牧民盲目增加牲畜头数，导致草场严重超载过牧，抢牧、争牧现象也经常发生。结果，一方面由于牲畜的过度啃食，使牧草植株变稀变矮，优良牧草减少，毒草因牲畜不吃，数量急剧增加，草场可食牧草的产草量大幅度下降；另一方面，由于牲畜的过度践踏，使地表结构受到破坏，造成风蚀沙化。据调查，新中国成立以来，我国牧区家畜由2900万头（只）发展到9000多万头（只），草原面积却因开垦破坏和沙化减少667万公顷，使过牧现象更为严重。

3.滥采。滥采是指农牧民为了增加副业收入，无计划、无节制地掏挖药材、发菜等资源植物。荒漠化地区甘草、琐阳、肉苁蓉、发菜等易采集、价格高，一些邻近草原地

开裂的冰河

区的农民以挖药材、搂发菜作为脱贫致富的捷径，常年采挖贩卖，特别是一些贫困地区，已发展成有组织的集团行动。由于采挖时铲掉草皮，挖土刨坑，翻动土层，严重破坏草场，大大加速了风蚀荒漠化过程。

荒漠化

4.滥伐。由于经济原因或其他目的的需要，违反生态规律，过度砍伐林木致使地表植被和土壤遭到彻底破坏，在风力作用下，大面积固定、半固定沙地顷刻之间变成流沙，加速了荒漠化的进程。

清楚了问题的原因，就不难想出解决的办法。对于我们，除了大的方面由科学家们想办法，小的方面我们也可以做到许多，比如植树造林，增加绿化植被，节能减排，多乘公交，少开私家车等等，对防止沙漠化都是十分有益的。让我们大家携起手来吧，为了共同创造地球美好的明天而努力！

灯也会导致温室效应

随着环保意识的增强，如今人们也开始提倡“绿色照明”，开始从切身出发响应节能号召。“绿色照明”是指通过科学的照明设计，采用效率高、寿命长、安全和性能稳定的照明电器产品，改善提高人们工作、学习、生活的条件和质量。同时减少电能的消耗和二氧化碳的排放量，有效地抑制了温室效应。

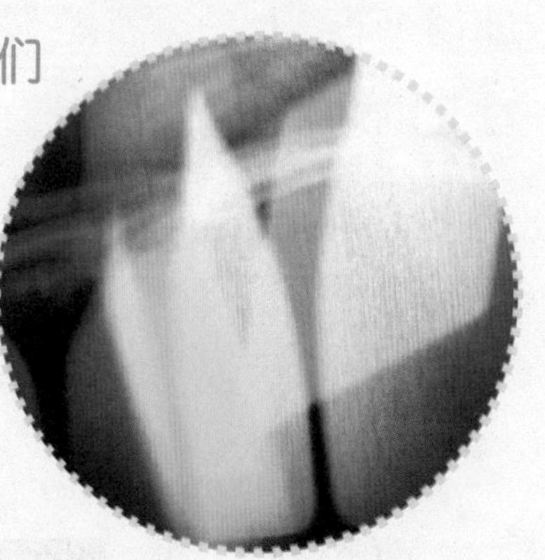

渺茫的灯光

同学们一定会觉得奇怪，为什么灯会增加温室效应？灯会呼出二氧化碳吗？当然不是。我们日常用的灯泡、白炽灯或者是现在提倡使用的节能灯，都和二氧化碳没有直

灯的妙用

接关系。但是我们知道，让灯泡亮起来需要用电，也就是说亮灯会消耗电能，而现在很多地方发电都要用煤，燃烧煤的时候自然会产生二氧化碳，造成温室效应，所以使用节能灯，节电，就可以减少煤的燃烧量和二氧化碳的排出量，自然也就减少了温室效应，保护了我们的地球。所以选择节能灯，既节能又减排，在减少能量损耗的同时又阻止了地球变暖。

下面，就是我们把节能灯与白炽灯进行的比较，结果就可想而知了。

白炽灯

白炽灯：在照明电器中，白炽灯的效率相对比较低。因为它是利用白炽现象发光，所消耗的大部分电能都用于提高灯丝的温度了，仅有12%～18%的电能转化为光能，其余的都转化为热能而散失了。此外，还因为高温会使钨丝升华，所以用久的灯丝容易断，普通的白炽灯灯泡的使用寿命约为1000小时左右。

节能灯：又称省电灯泡、电子灯泡、紧凑型荧光灯及一体式荧光灯，是指将荧光灯与镇流器（安定器）组合成

地球永远的资源

一个整体的照明设备。节能灯的尺寸与白炽灯相近，与灯座的接口也和白炽灯相同，所以可以直接替换白炽灯。节能灯的光效比白炽灯高得多，同样照明条件下，前者所消耗的电能要少得多。从发光原理看，节能灯的最终发光体还是荧光粉，因此节能灯工作时的温度就不必达到白炽灯工作时2200～2700K（开尔文）的温度，一般情况下只需达到1160K就可以了。由于它不存在白炽灯那样的电流热效应，荧光粉的能量转换效率也很高，在同一瓦数之下，一只节能灯比白炽灯节能80%，热辐射仅20%。在普通状态下，一只5瓦的节能灯光照可视为等于25瓦的白炽灯，7瓦的节能灯光照约等于40瓦的白炽灯，9瓦的

节能灯

约等于60瓦的白炽灯。此外，一只节能灯的使用寿命可达6000小时，甚至更长！

有人统计了各种灯的排碳量：

灯泡类（普通灯泡60瓦）一小时产生0.0414 千克二氧化碳

日光灯（20瓦）一小时产生0.01725 千克二氧化碳

及时关灯

节能灯一小时产生0.01173 千克二氧化碳

将寻常用的白炽灯泡换下，换上节能灯，能为您省下40%的电量。同时，这个简单的转换每年会减少至少136千克二氧化碳的合成。美国的能源部门估计，如果用高效节能灯泡代替传统电灯泡，就能避免4亿吨二氧化碳被释放。

尽管节能灯成本可能相对高点，但长久来看，节约的电能远远超过灯的成本，因此我们提倡使用节能高效的荧光电灯泡。另外我们还要养成随手关灯的习惯，上厕所、睡觉等都可能发生忘记关灯的情况，试想全国、甚至全球的家庭因此累积起来的电能消耗产生的热能，那将会是一个多么庞大的数字。让我们从自己做起，从小事做起，点点滴滴为减排作贡献。

倡导低碳烹调，还地球凉爽

同学们，你们是家里勤劳的小主人吗？平时在家都帮着爸爸妈妈做饭吗？其实我们在做饭的时候也要注意节省能源。节能环保在全球范围内是一个大的命题，近年来，专家学者开始倡导低碳生活。家庭的“碳排放”与厨房密切相关。尽量节约厨房里的能源，采用低碳烹调法，是每个家庭都应该做到的，也是我们应该提醒爸爸妈妈努力做到的。

做个厨房节能小宣传员

中国是一个以煤炭为主要能源的国家，每年生产煤炭20多亿吨。在采煤过程中，要向大气中排放大量的甲烷（煤层气）气体。甲烷气体的温室效应是二氧化碳气体的24.5倍。如按生产1吨煤排放5立

我们所食用的蔬菜

方米甲烷气体算，目前中国每年向大气中排放的甲烷气体量是100亿立方米以上，这是一个相当大的数量。如果我们把这部分煤层气全都开发利用起来，减排二氧化碳量会相当大。尤其中国是个人口大国，一个人多消耗一吨煤，全国就要多消耗十多亿吨。为了我们的明天会更好，请从今天开始注意保护我们的地球。

那么，平时做饭的时候我们都应该注意些什么呢？

1 煮饭提前淘米，并浸泡十分钟

提前淘米并浸泡10分钟，然后再用电饭锅煮，可大大缩短米熟的时间，节电约10%，每户每年可因此省电4.5度，相应减少二氧化碳排放4.3千克。如果全国的家庭都这么做，那么每年可省电8亿度，减排二氧化碳78万吨。

2 尽量避免吸油烟机空转

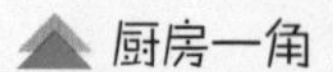
厨房一角

在厨房做饭时，应合理安排吸油烟机的使用时间，避免长时间空转而浪费电。如果每台吸油烟机每天少空转10分钟，1年可省电12.2度，相应减少二氧化碳排放11.7千克。如果对全国已有的8000万台吸油烟机都采取这一措施，那么每年可省电9.8亿度，减排二氧化碳93.6万吨。

3 用微波炉代替煤气灶加热食物

微波炉比煤气灶的能源利用效率高。如果我国5%的烹饪工作用微波炉进行，那么与用煤气灶相比，每年可节能约60万吨标准煤，相应减排二氧化碳154万吨。

4 选用节能电饭锅

对同等重量的食品进行加热，节能电饭锅要比普通电饭锅省电约20%，每台每年可省电约9度，相应减排二氧化碳8.65千克。如果全国每年有10%的城镇家庭更换电饭锅时选择节能电饭锅，那么每年可节电0.9亿度，减排二氧化碳8.65万吨。

电饭锅

除了以上几个方面，我们还应该注意做到：

（1）尽量减少煎炒烹炸的菜肴，多煮食蔬菜。食用油在加热时不仅产生致癌物，还会造成油烟污染居室环境。

（2）不要把电饭锅和水壶装得太满。否则煮沸后溢出

做菜要适量

汤水，既浪费能源，又容易扑灭灶火，引发燃气泄漏。调整火苗的燃烧范围，使其不超过锅底外缘，取得最佳加热效果。如果锅小火大的话，火苗烧在锅底四周只会白白消耗燃气。

（3）自家煮饭炒菜，量足够吃就好，不多炒。做到餐餐节约能源，减少碳排放。

（4）路上看到被人丢弃的食物，可以捡起来喂食野狗、野猫和小鸟等小动物。变质的饭菜可以埋在地里做肥料。

这些都是我们生活中的小事，只要我们用心去节约能源，努力去控制二氧化碳的排放，就可以让我们的地球母亲慢慢恢复健康。同学们，让我们一起携起手来倡导低碳烹调，还地球一个凉爽吧！

绿色汽车，绿色旅行

同学们，你上学时都选择什么样的交通工具呢？也许随着经济条件的提高，加上家长的宠爱，很多孩子都是私家车接送上学的，这无疑给大气的升温提供了“机会”，知道了这样的危害后，小朋友们和家长们做何感想呢？应该在基本满足正常交通的便利情况下，尽可能多乘公交。家长们也应该带头为环保做榜样，教会孩子自己上学，自己的事情自己做。

走在上学路上

同学们一定知道汽车为人类生活和生产活动提供了很大的便利，但也许不知道，燃烧1升汽油大约要产生2千克二氧化碳。碳氢化合物和其他含碳物质（如煤和石油）提供了发电和其他工业过程的燃料，通过这类燃料的燃烧，每年排入大气的二氧化碳高达200多亿吨，人均分摊4吨，这个数字让我们大吃一惊。那么为了保护环境，我们应该做些什么呢？

煤

1 购买经济型汽车

高能效汽车每英里产生更少的二氧化碳。其中最有效的汽车，例如小型的双动力汽车，每千米产生的二氧化碳少于110克（每英里0.4磅）。与此相比，很多大型SUV汽车和豪华汽车排放至少两倍以上的二氧化碳。汽车的发展不能单一依靠石油资源，应通过汽车创新，发展替代能源技术。譬如汽车利用现代柴油机技术，就能达到节能20%~30%的目标。目前我国在电力汽车、动力汽电池、燃料电池发动机等关键零部件技术、电子控制技术以及系统继承技术方面取得了较大进步，初步形成了电动汽车零部件的产业链，在柴油、天然气研发和示范应用上也取得了重要的进展，并且已有部分汽车商品，在开发、生产、销售三大主要职能产业价值链中推行了降低二氧化碳、能源消耗、循环再利用三条清洁链改善的活动，主要从减少车辆内挥发有机化合物、产品循环再利用的设计、削减二氧化碳及节能高效的发动机以及使用CVT无级变速技术、净化排气系统来达到节能的目的。

经济型汽车

2 燃料

汽油和柴油：在发达国家行销的“BP Ultimate”汽油和柴油能提高汽车的性能，还能清洁引擎，减少引擎的摩擦力，并使燃油能更充分燃烧，从而降低对空气的污染。使用“BP Ultimate”燃油能降低废气排放高达21%，其中能减少2%～4%的二氧化碳排放量。

生物液体燃料：生物液体燃料与传统车用燃料相比，可以潜在地带来显著的二氧化碳减排。中国已经是世界燃料乙醇的第三大生产国和使用国。燃料乙醇在全国9个省的车用燃料市场上得以推广和使用。

3 明智的旅行

仔细想想你的旅行需求，如果可以，尽量使用公共交通工具。你有想过跟家人、朋友共乘一辆汽车吗？你真的需要乘坐飞机吗？可能一个电话会议更节省时间、金钱和降低二氧化碳排放量。

现在发达便利的交通给大家出行提供了很大的方便，还有专门针对学生的寒暑

现代化的城市

假的旅游项目，随着现代旅游业的发展，旅游公司也日趋规范，服务意识不断增强，因此跟随旅游团外出旅行是十分便利和节约的。

同学们，如果你们去旅行，一定要选择一种更环保的方式。

踏上节能之路

4 汽车保养

小心保养汽车，确保它能在最佳状态下行驶；检查轮胎气压和机油；不需要的时候，把车顶的行李架和箱子拆下来，这些都会使车子的效率降低10%以上。

高级的综合性润滑油，例如嘉实多的极护、磁护，BP的威士高7000、3000都能提高汽车性能和减少二氧化碳排放量达5%。

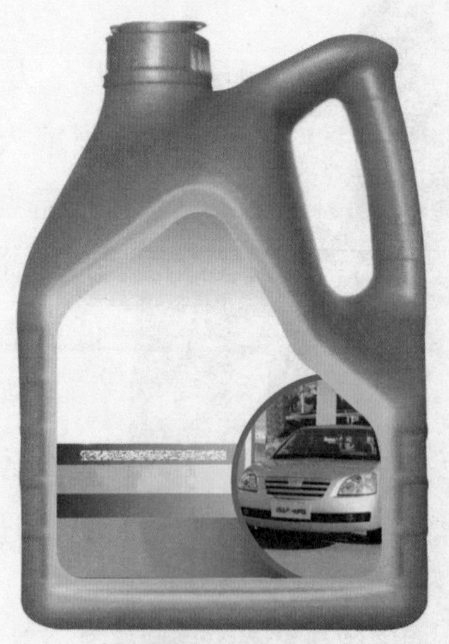

润滑油

请大家记住这些小常识，下次再出行的时候，或者在我们日常生活中遇见这种情况时，不要忘了用它们来时刻提醒自己和爸爸妈妈，要时刻注意节能减排。别让小汽车把我们的地球跑成大火球。

汽车与排碳

汽车排出的废气

同学们，生活中有了小汽车的陪伴是不是方便了很多啊！前面我们已经学了如何在购车、用车和保养车几方面减少排碳量，不给地球升温。其实在与汽车为伴的时候，还有很多事情是我们应该注意的，我们应该多学一些小常识，多做一些努力，让地球保持一个健康的温度吧。

1 每月少开一天车

每月少开一天车，每车每年可节油约44升，相应减排二氧化碳98千克，如果全国的私车车主都能做到，那么每年可节油约5.54亿升，减排二氧化碳122万吨。

2 以节能方式出行200千米

骑自行车或步行代替自驾车出行100千米，可以节油约9升；坐公交车代替自驾车出行100千米，可省油六分之五；按以上方式节能出行200千米，每人可以减少汽油消耗16.7升，相应减排二氧化碳36.8千克。如果全国的私车车主都这么做，那么每年可以节油2.1亿升，减排二氧化碳46万吨。

3 选购小排量汽车

小排量汽车

汽车耗油量通常随排气量上升而增加，排气量为1.3升的车与2升的车相比，每年可节油294升，相应减排二氧化碳647千克。如果全国每年新售出的轿车（约382.89万辆）排气量平均降低0.1升，那么可节油1.6亿升，减排二氧化碳35.4万吨。

4 选购混合动力汽车

搭乘公车

混合动力车可省油30%以上，每辆普通轿车每年可因此节油约378升，相应减排二氧化碳832千克。如果混合动力车的销售量占到全国轿车年销售量的10%（约38.3万辆），那么每年可节油1.45亿升，减排二氧化碳31.8万吨。

5 科学用车，注意保养

私家车

汽车车况不良会导致耗油量大大增加，而发动机的空转也很耗油，通过及时更换空气滤清器、保持合适胎压、及时熄火等措施，每辆车每年可减少油耗约180升，相应减排二氧化碳400千克。如果全国的私车每天减少发动机空转3～5分钟，并有10%的车况得以改善，那么每年可节油6亿升，减排二氧化碳130万吨。

通过上一篇的学习和这一篇的补充，大家的汽车环保课就可以暂时结业了，但在现实生活中，你们还要不断地接受考验。牢牢记住每一条常识吧，争取在生活用车中，交给地球母亲一份满意的答卷。

以素食预防土地沙漠化

土地的沙漠化使全球变暖加速，所以防止土地沙漠化是预防地球变暖的有效措施之一。吃肉过多不仅对人们的身体健康没有好处，也对全球环境造成了广泛的影响。特别是因为牛、羊或其他牲畜放牧过度，而导致土地沙漠化，或者将荒地或贫地转变为沙漠。

目前人类对肉类的高度需求，致使大片土地被用来放牧，经过一段时间之后，土壤的自然植被层便会逐渐耗尽，易受风雨的侵蚀，从而导致表层土壤贫瘠，无法种植农作物。比方说，在非洲介于北方撒哈

拉沙漠和南方肥沃土地之间的萨赫勒地区，在1950~1975年间，沙漠以惊人的速度向南推进了100千米，这个现象正说明了过度的牲畜放牧与土壤侵蚀所造成的破坏性影响。

我们只要回顾过去几十年来人类对肉类需求增长的快速，不难理解这种情况。比如中国的牛羊总数，在1950~2002年间增长了三倍，这些动物集体破坏了西、北部等放牧省份的保护植被层，随后强风吹走暴露的土壤，土地便形成沙漠。在这种情况下，强风可在一天内吹走数百万吨的表土。由于沙尘暴及沙漠化土地不断扩展，

营养要均衡，不要光吃肉类

逐渐破坏了农村居民的土地，对他们的生活造成了非常严重的影响。

如果人们继续持续以目前这种速度增加肉类的消耗量，世界上将会有更多的土地被用来放牧，肥沃的土壤也会继续流失，沙漠将持续扩大，甚至更加破坏我们原本已经十分脆弱的环境，并进一步使许多人无家可归。正如科学网站www.worldwatch.org所言：土地沙漠化导致全世界一亿三千五百万人处于被迫离开自己家园的危机中。

别让美丽的草原只能在梦中出现

然而，只要世人都能多吃素食，少吃肉食，那么为了放牧之用而滥砍滥伐的情况将会很少发生，生产农作物所需的土地也会大幅减少，因为目前有70%的谷物都是用于饲养牲畜的。仅澳大利亚的昆士兰州就有高达95%的林地砍伐全是为了放牧牲畜。所以，如果每个人都能多吃素、少吃肉，那么许多牧场用地便可重新造林，从而降低温室气体的排放、改善土壤侵蚀和降雨模式、减少泥石流和洪水所造成的天灾，进而大幅改善环境。

有鉴于这些事实，该是人类停止破坏地球珍贵的土地及伤害动物同胞的时候了。让我们为预防地球变暖献出自己的一份力吧！

防地球变暖
从家庭做起

防止地球变暖，过低碳生活，我们可以从家庭做起。

1 冰箱

冰箱内存放食物的量以占容积的80%为宜，放得过多或过少，都费电。

食品之间要保持10毫米以上的空隙。

用几个塑料盒盛水，在冷冻室制成冰后放入冷藏室，这样能延长停机时间、减少开机时间。

冰箱内的食物要经常清理

2 空调

空调启动瞬间电流较大，频繁开关相当费电，且易损坏压缩机。

将电风扇放在空调内机下方，利用电风扇的风力提高制冷效果。

空调开启几小时后要关闭，马上打开电风扇。晚上用这个方法，可以不用整夜开空调，省电近50%。

可将空调设置在除湿模式工作，此时即使室温稍高也能令人感觉凉爽，且比制冷模式省电。

3 洗衣机

洗衣机

在同样长的洗涤时间下，弱档工作时，电动机启动次数较多，也就是说，使用强档其实比弱档省电，且可延长洗衣机的寿命。

按转速1680转/分（只适用涡轮式）脱水1分钟计算，脱水率可达55%。一般脱水不超过3分钟。再延长脱水时间没有太大意义。

4 微波炉

较干的食品加水后搅拌均匀，加热前用保鲜膜覆盖或者包好，或使用有盖的耐热的玻璃器皿加热。

每次加热或烹调的食品以不超过0.5千克为宜，最好切成小块，量多时应分时段加热，中间加以搅拌。

尽可能使用“高火”。

为减少解冻食品时开关微波炉的次数，可预先将食品从冰箱冷冻室移入冷藏室，慢慢解冻，并充分利用冷冻食品中的“冷能”。

5 电脑

短时间内使用电脑时，应启用电脑的“睡眠”模式，此时能耗可下降到50%以下；关掉不用的程序和音箱、打印机等外部设备；少让硬盘、软盘、光盘同时工作；适当降低显示器的亮度。

▲电脑的显示器要及时关闭

用笔记本电脑时要特别注意：对电池完全放电；尽量不使用外接设备；关闭暂不使用的设备和接口；关闭屏幕

保护程序；合理选择关机方式：需要立即恢复时采用“待机”，使用电池时选“睡眠”，长时间不用选“关机”；使用电池时，在WindowsXP下，通过Speed Step技术，CPU会自动降频，功耗可降低40%。

6 燃气

用大火比用小火烹调时间短，可以减少热量散失。但也不宜让火超出锅底，以免浪费燃气。

夏季气温高，烧开水前先不加盖，让比空气温度低的水与空气进行热交换，等自然升温至空气温度时再加盖烧水，可省燃气。

烧煮前，先擦干锅外的水滴，能够煮的食物尽量不用蒸的方法烹饪，不易煮烂的食品用高压锅或无油烟不锈钢锅烧煮，加热熟食用微波炉等等方法，也都有助于节省燃气。

旧家具可循环再利用

大家都知道我国是一个森林资源十分匮乏的国家，全国人均森林面积只有0.128公顷，同时我国又是一个木材消费大国，目前每年国内木材需求量约为3亿多立方米，这就导致植被被破坏，地球的温室效应加剧。所以为了让树木得到更好的利用和保护，我们应该节约木材能源，加大废旧木材的回收利用。

森林里的树木

目前我国木质废旧物品的类别及数量

1.纸类：我国每年产生废纸约2000万吨左右。每回收1吨废纸，可以重新造纸800千克，可节约木材3立方米。也就是说，如果每年我们都能把大部分的废纸回收复用，就可以少砍上亿棵大树。值得说明的是，我国对于废纸的回收利用，近些年来进步很快。2003年的统计数据表明，我国当年的废纸回收率已达到了30.6%。当然，从中也可以看到该项事业的潜力仍然很大。

2.生活日常用品：

a.木筷：据统计目前我国有上千家木筷生产企业，每年生产木筷约1000万箱，年消耗木材资源500万立方米，我国商品木材年产量不足5000万立方米，其中木筷用材竟占了10.5%。一棵生长20年的大树，仅能制成3000～4000双左右的筷子，为此，每年需要砍伐2500万棵树木。

b.牙签：据报道全国每年消耗牙签在6000万支以上，如

牙签

果用木材制造需用160万立方米，相当于203万亩的林木。

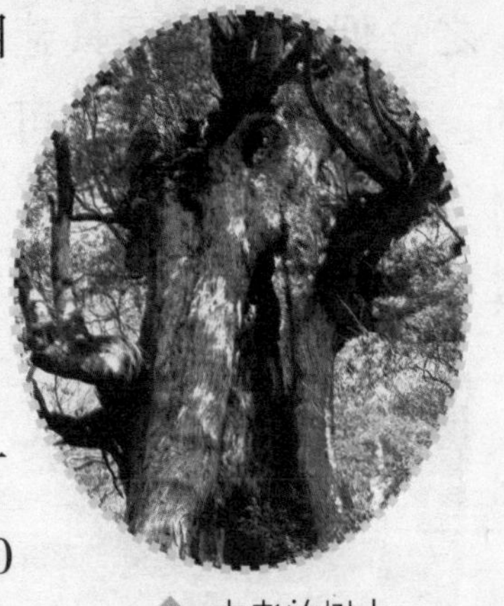
古老的树木

c.雪糕棒：据统计，截至2005年年底，国内有大中小各类生产冷饮企业3000多家。仅制雪糕、冰棍，每年需用木材约为100万立方米，要消耗掉500万棵左右直径为10多厘米的树木。

d.衬衫及月饼包装盒：据估计我国每年市场销售衬衫12亿件，仅包装盒用纸量就高达24万吨，相当于砍掉了168万棵碗口粗的大树。我国每年生产月饼1000万盒，包装耗费25亿元；耗用木材约为80万立方米，需用大树400万棵。

f.贺卡：据了解每年圣诞节、元旦、春节等三大节日消费的贺卡就在1亿张以上。每生产10万张贺卡，要消耗掉5.5立方米的木材，也就是说每制作大约4000张贺卡，所耗费掉的木材就相当于一棵大树。而全国每年三节过后绝大部分的贺卡就成了弃物。

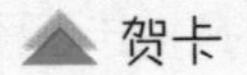
贺卡

g.淘汰的家具：每隔五至八年，很多建材家具产品便进入了淘汰期，处理它们则成为眼前的大问题。目前国内尚未对建材行业出台如“家电以旧换新”类似的政策，废旧建材家具产品多作为垃圾一弃

了之。但是废旧家具建材产品的回收再利用空间还是很大的。虽然有部分产品可以使用较长年限，但大部分家具建材等产品使用期限多在五至八年。据了解，废弃的木质家具虽属于垃圾类，但多数人表示能将垃圾清走省得自己花运费去处理就很好了。此外，木门、地板等木制废旧产品也存在着拆下来即成为垃圾的情况。而钢制材料、塑料材质的家居大件用品，在装修过程中，也不得不直接变为垃圾，客观上增加了国家环保、减排的难度。

旧家具

不过有专家介绍，建材家具废旧产品再利用的空间还是很大的。以木制建材为例，废旧木制品经加工可形成木地板、踢脚线、强化复合地板基材、再生纸等，细碎的木料则可经加工制成指接板、夹板等，有效减少新木材的使用量；铁制建材产品则可回炉制成钢材的原料；装修后的其他废料则可被加工为再生砖、再生水泥和再生骨料……

因此，我们要大力宣传让旧家具变废为宝的力度，这会让我们国家每年节省数以百万的木材，让这些绿色的卫士成为我们这个星球最忠实的守护者，它们会为地球减排加压，还我们一个更健康的地球。

减少矿物燃料，使用新能源

同学们，我们在化学课上学过，矿物燃料的燃烧会放出大量的二氧化碳，而二氧化碳是导致地球温室效应的罪魁祸首，所以为了阻止地球变暖，我们一定要减少矿物燃料的燃烧，控制更多二氧化碳的排放。

地球的资源

我们日常生活中用的煤、石油、燃气等，这些都是矿物燃料，那么是不是我们一定要用这些燃料呢？其实，只要我们有了新的能源，就不用担心二氧化碳的排放了。目前，经过人类的努力，已经开发了许多新能源。如太阳

能、风能、潮汐能等。

1 太阳能

太阳能一般指太阳光的辐射能量。太阳能的主要利用形式有太阳能的光热转换、光电转换以及光化学转换三种主要方式。广义上的太阳能是地球上许多能量的来源，如风能、化学能、水的势能等由太阳能导致或转化成的能量形式。利用太阳能的方法主要有：太阳能电池，通过光电转换把太阳光中包含的能量转化为电能；太阳能热水器，利用太阳光的热量加热水，并利用热水发电等。现在很多公司已经开始着手利用太阳能，例如新研发出了太阳灶、太阳能烤箱、太阳灶反光膜、太阳能开水器等系列产品。太阳能清洁环保，无任何污染，利用价值高，太阳能更没有能源短缺这一说法，其种种优点决定了它在能源更替中的不可取代的地位。

▲ 绿色能源

2 海洋能

海洋能是指蕴藏于海水中的各种可再生能源，包括潮汐能、波浪能、海流能、海水温差能、海水盐度差能等。这些能源都具有可再生性和不污染环境等优点，是一项亟待开发利用的具有战略意义的新能源。

3 风能

风能是太阳辐射下流动所形成的能源。风能与其他能源相比，具有明显的优势，它蕴藏量大，是水能的10倍，分布广泛，永不枯竭，对交通不便、远离主干电网的岛屿及边远地区尤为重要。目前风能最常见的利用形式为风力发电。风力发电目前有两种思路：水平轴风机和垂直轴风机。水平轴风机目前应用广泛，是风力发电的主流机型。

地热能

4 地热能

地球内部热源可来自重力分异、潮汐摩擦、化学反应和放射性元素衰变释放的能量等。放射性热能是地球主要热源。我国地热资源丰富，分布广泛，已有5500处地热点，地热田45个，地热资源总量约320万兆瓦。

同学们，有了这些新的能源，就能大大地降低二氧化碳的排放量，进一步阻止地球变暖。

保护臭氧层，全球共“补天”

是谁破坏了臭氧层？

如果说中国古代的神话传说——“女娲补天”有杞人忧天之嫌，本世纪的“补天”则是千真万确的全球联动。20世纪70年代以来，在欧洲的维也纳、加拿大的蒙特利尔、亚洲的北京，从联合国的高级官员、获诺贝尔奖的科学家，到各国的政府首脑，不同肤色、不同国籍的人们都

湛蓝的天空

在为一个共同的使命而奔走努力：保护臭氧层，为了地球上的生命……

爱护臭氧层，要求我们每个人都采取实际行动去少用或者不用对臭氧层有损害的氟氯碳、哈龙、氯氟烃、甲基溴等物质，因为使用包含这些物质的产品会导致对臭氧层的消耗。

下面列举了在日常生活中含有消耗臭氧层物质或生产中使用这些物质的物品：冰箱、空调等制冷设备（包括家电、运输制冷、工商制冷）、泡沫（大量存在于沙发、一次性发泡餐盒、汽车内饰发泡件、保温喷涂）、灭火剂、气雾剂（摩丝、杀虫剂、外用药喷雾剂）、清洗剂、膨胀烟丝等。

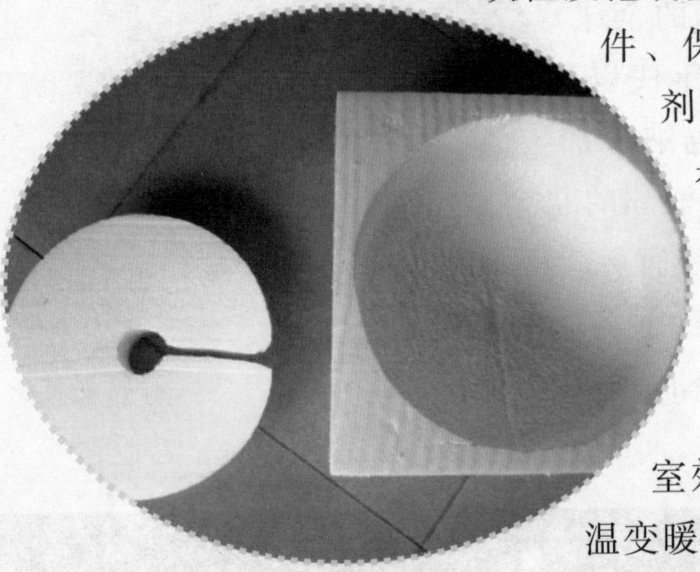

包装泡沫

保护臭氧层，对于防止温室效应加剧和地球气温变暖是十分有必要的。广大学生朋友们了解了这些，在生活中应该怎么做呢？

1.购买带有“无氯氟化碳”标志的产品；

2.合理处理废旧冰箱和电器，在废弃电器之前，除去其中的氟氯化碳和氟氯烃制冷剂；

3.农民不用含甲基溴的杀虫剂，在有关部门的帮助下，选用适合的替代品；如果还没有使用甲基溴杀虫剂就不要开始使用它；

4.制冷维修师确保维护期间从空调、冰箱或冷柜中回收的冷却剂不会释放到大气中，做好常规检查和修理泄漏；

5.办公室员工鉴定公司现有设备如空调、清洗剂、灭火剂、涂改液、海绵垫中那些使用了消耗臭氧层的物质，并制定适当的计划，用替换物品换掉它们；

6.工厂替换在生产过程中所用的消耗臭氧层物质，如果生产的产品含有消耗臭氧层物质，那

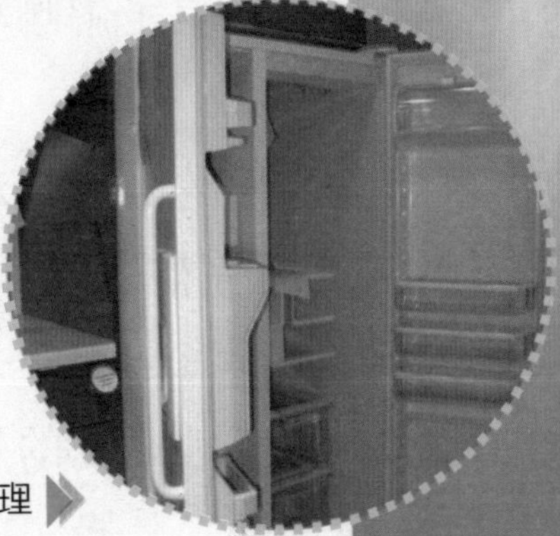

废旧电器要及时处理

么应该用替代物来改变产品的成分；

7.加入环保队伍，告诉自己的家人、朋友、邻居等保护环境、保护臭氧层的重要性，让大家了解哪些是消耗臭氧层物质。

有了科学的方法，再加上我们的实际行动，相信在不远的将来，我们将拥有一片美丽而完整的蓝天。

人类共同居住的地球和共同享有的天空是不可分割的整体。让我们积极行动起来，为了地球上的生命，为了保护我们赖以生存的空间，从我做起，从身边的小事做起，保护臭氧层，使已经缺失的天空早日恢复原状，使人类早日从臭氧空洞的威胁中摆脱出来。

逮捕氟利昂

臭氧层的漏洞曾一度引起人们的恐慌，注意环保的人们开始大力宣传保护自然，减少使用含氟的制冷电器。有的同学要问，那我们是不是应该回家把所有的制冷电器的电源都拔掉，拒绝再使用它们了呢？当然不是，生活中仍然有许多需要冷藏冷冻的物品，我们只需要挑选不含氟利昂的电器，正确使用节能的制冷电器就好。

1 氟利昂是怎么被“抓住”的

20世纪30年代，含氟的制冷剂被研究发明后在美国投入商业化生产，苏联、日本和欧洲各国也不甘落后，氟利昂的应用范围也由制冷剂扩展到发泡剂和气雾剂，其产量与日俱增。到1974年，全球氟利昂的产量已达到80多万吨。1986年全球ODS（消耗臭氧层物质）的年消费量已高达100多万吨。

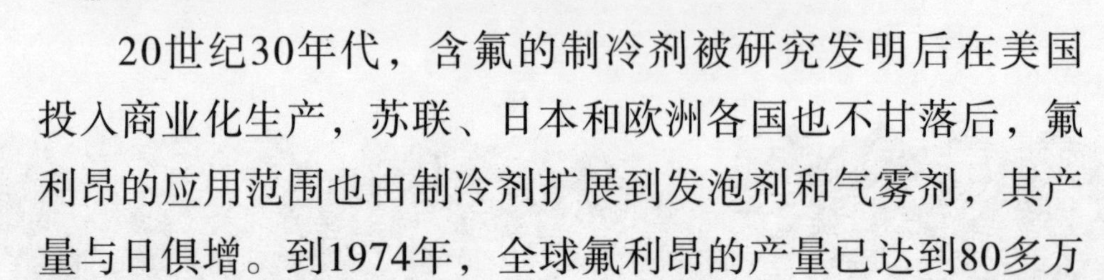

冰冻的鱼

1974年，美国科学家莫里纳和罗兰德宣布，氟氯碳（俗称氟利昂）中的氯原子和哈龙物质中的溴原子是破坏臭氧层的元凶。他们和另外一位科学家因其先驱性的贡献而被授予1995年的诺贝尔化学奖。这一发现令陶醉于自己智慧的人类十分尴尬：被大量使用的制冷剂、发泡剂、灭火剂、干燥剂、清洗剂及发胶中的氟利昂、哈龙等原来是消耗臭氧层的物质！

正是人类为了满足自己一时的物质需要，而不惜以破坏其赖

臭氧层空洞越来越大

以生存的自然环境为代价，生产了诸如氟利昂、哈龙之类的有害物质，令自己陷入了尴尬境地，最终导致了我们今天所不愿看到的结果。令人欣慰的是，越来越多的人已经或正在自发地行动起来，为了自身的健康，为了子孙后代的幸福而不遗余力地努力着。

除了禁用含氟的制冷电器外，正确地使用节能的冰箱也可以减少二氧化碳的排放量。

2 使用冰箱注意节能

（1）选用节能冰箱

1台节能冰箱比普通冰箱每年可以省电约100度，相应减少二氧化碳排放100千克。如果每年新售出的1427万台冰箱都达到节能冰箱标准，那么全国每年可节电14.7亿度，减排二氧化碳141万吨。

冰箱要经常清理

（2）合理使用冰箱

如果我们每天减少3分钟的冰箱开启时间，1年可省下30度电，相应减少二氧化碳排放30千克；及时给冰箱除霜，每年可以节电184度，相应减少二氧化碳排放177千

克。如果对全国1.5亿台冰箱普遍采取这些措施，每年可节电73.8亿度，减少二氧化碳排放708万吨。

为了我们的地球能够益寿延年，为了我们能有更好的生存环境，我们要注意保护我们的大自然，尽我们的力量来给地球降温。减排的常识就是我们手中的小扇子，我们要呼吁大家一起爱护我们的地球，一起保护我们的环境，让我们共同挥动手中的小扇子，给地球降温吧。

节电低碳

低碳生活，降低二氧化碳的方式很多，这里介绍一些节电方面的方法。让你从节电入手，降低二氧化碳的含量，为防止地球变暖做出自己的努力。

1 电风扇节电小窍门

1.要选购质量过硬的产品。由于风扇行业技术门槛低，市场上产品参差不齐，所以一定要选择知名品牌的产品，这样能够保证质量。有些风扇全部采用全封闭的电机和航空润滑油，如此，风扇运转时的摩擦会更小，耗电量就更少。

2.尽量使用电风扇降温。风扇能直接将电能转化为动

能，耗电量非常低，最高功率仅60瓦，相当普通照明的台灯所耗电量，因此，要节能，盛夏季节使用风扇无疑是最佳的选择。将风扇搭配空调一起使用，空调温度设定在26℃~28℃，则省电又省钱。

3.电风扇大档换小档。一般扇叶大的风扇，电功率就大，消耗的电能也多，电风扇的耗电量与扇叶的转速成正比，平时先开快档，凉下来后多用慢档，就可减少电风扇的耗电。在风量满足使用要求的情况下，尽量使用中档或慢档。据估计，仅此一项，全国一年可减少二氧化碳排放108万吨，合计节约标准煤41.4万吨。

4.风扇最好放置在门、窗旁边。在使用时，风扇最好放置在门、窗旁边，便于空气流通，提高降温效果，缩短使用时间，减少耗电量。

越来越多的沙漠化

2 洗衣机节电小窍门

1.应根据衣物的数量和脏污的程度来确定洗衣的时间。一般合成纤维和毛织品，洗涤2~4分钟；棉麻织物，洗涤5~8分钟；极脏的衣物洗涤10~12分钟。洗涤后漂洗的时间约3~4分钟即可。相应的缩短洗衣时间不仅可以节省电，而且还可延长洗衣机和衣物的使用寿命。

2.合理选择洗衣机的功能开关。洗衣机有强、中、弱3种洗涤功能，其耗电量也不一样。一般丝绸、毛料等高档衣料，只适合弱洗；棉布、混纺、化纤、涤纶等衣料，常采用中洗；只有厚绒毯、沙发布和帆布等织物才采用强洗。衣物洗了头遍以后，最好将它拧干，挤尽脏水，这样可缩短漂洗时间，节约电能。

3.洗涤时最好采用集中洗涤的方法，即一桶清洗剂连续洗几批衣物，洗衣粉可适当增添，全部洗完后再逐一漂洗，这样可以省电，还可节省洗衣机的洗涤时间。

4.洗衣机使用一段时间后，带动洗衣机的皮带波轮往往会打滑，皮带打滑时，洗衣机的用电量不会减少，但是洗衣的效果却变差。如果收紧洗衣机的皮带，就会恢复它原来的效果，从而达到节约电能的目的。

通往环保的彩虹桥

5.采用低泡洗衣粉可以节省电，洗衣粉的出泡多少与洗净能力之间无必然联系。优质低泡洗衣粉有极高的去污能力，而它漂洗时却十分容易，一般比高泡洗衣粉少1~2次漂洗时间。

6.在浸泡、洗涤、漂洗时，要将浅色衣物与深色衣物分开，按从浅到深的顺序进行。这样不仅可避免深色衣物染花浅色衣物，还可根据脏污的程度选择洗涤时间，有利于节电。

3 买环保电池

1.避免食物反复冷冻。对于块头较大的食物，可根据家庭每次食用量分开包装，一次只取出一次食用的量，而不必把一大块食物都从冰箱里取出来，用不完再放回去。避免反复冰冻浪费电力，破坏食物。

荒芜沙滩上孤独的行人

2.根据所存放的食品恰当选择冰箱内温度，如鲜肉、鲜鱼的冷藏温度是-1℃左右，鸡蛋、牛奶的冷藏温度是3℃左右，蔬菜、水果的冷藏温度是5℃左右。

3.融化冷冻食品先移到冰箱冷藏室内。放在冰箱冷冻室内的食品，在食用前可先转移到冰箱冷藏室内逐渐融化，以便使冷量转移入冷藏室，可节省电能。

4.夏季制作冰块和冷饮最好安排在晚间。晚间气温较低，有利于冷凝器散热，而且夜间较少开冰箱门存取食物，压缩机工作时间较短，节约电能。

5.可拧下冷藏室灯泡节电。光线较好的房间，冰箱内的照明灯可拧下不用，既省电还可减少因开灯的温升而多耗电。

让电器停止为地球加热

▲耗能电器

21世纪随着电子科技的发展，电视、电脑这类高耗能电器成了和我们不可分割的朋友，而随着它们大量长时间地被使用，大量电能损耗，也导致二氧化碳的排量加大，无意间又给我们的地球增温了。

我们时时刻刻喊着“节能减排、爱护地球”的口号，可是究竟怎么做才能真正地做到节能减排，才可以更好地保护我们共同生存的家园呢？

下面就给大家介绍一些我们日常生活中最应该注意的节电的方法，以及如何让使用频率较高的电器更节能，掌握一些更正确、更好的使用家电的小窍门。

1 适时将电器断电

（1）饮水机不用时断电

据统计，饮水机每天真正使用的时间约为9个小时，其他时间基本闲置，近三分之二的用电量因此被白白浪费掉。在饮水机闲置时关掉电源，每台每年可节电约366度，相应减排二氧化碳351千克。如果对全国现有的约4000万台饮水机都采取这一措施，那么全国每年可节电约145亿度，减排二氧化碳1405万吨。

（2）及时拔下家用电器插头

电视机、洗衣机、微波炉、空调等家用电器，在待机状态下仍在耗电。如果全国都在用电后拔下插头，每年可节电约20.3亿度，相应减排二氧化碳197万吨。

城市中浪费资源的街灯

2 合理使用电脑、打印机

（1）不用电脑时以待机代替屏幕保护

不用电脑时以待机代替屏幕保护，每台台式机每年可省电6.3度，相应减排二氧化碳6千克；每台笔记本电脑每年可省电1.5度，相应减排二氧化碳1.4千克。如果对全国现

有的7700万台电脑都采取这一措施，那么每年可省电4.5亿度，减排二氧化碳43万吨。

（2）用液晶电脑屏幕代替CRT屏幕

液晶电脑

液晶屏幕与传统CRT屏幕相比，大约节能50%，每台每年可节电约20度，相应减排二氧化碳19.2千克。如果全国现有的约4000万台CRT屏幕都被液晶屏幕代替，每年可节电约8亿度，减排二氧化碳76.9万吨。

（3）调低电脑屏幕亮度

调低电脑屏幕亮度，每台台式机每年可省电约30度，相应减排二氧化碳29千克；每台笔记本电脑每年可省电约15度，相应减排二氧化碳14.6千克。如果对全国保有的约7700万台电脑屏幕都采取这一措施，那么每年可省电约23亿度，减排二氧化碳220万吨。

（4）不使用打印机时将其断电

不使用打印机时将其断电，每台每年可省电10度，相应减排二氧化碳9.6千克。如果对全国现有的约3000万台打印机都采取这一措施，那么全国每年可节电约3亿度，减排二氧化碳28.8万吨。

打印机

3 合理使用电视机

（1）每天少开半小时电视

每天少开半小时，每台电视机每年可节电约20度，相应减排二氧化碳19.2千克。如果全国有十分之一的电视机每天减少半小时可有可无的开机时间，那么全国每年可节电约7亿度，减排二氧化碳67万吨。

（2）调低电视屏幕亮度

将电视屏幕设置为中等亮度，既能达到最舒适的视觉效果，还能省电，每台电视机每年的节电量约为5.5度，相应减排二氧化碳5.3千克。如果对全国现有的电视机都采取这一措施，那么全国每年可节电约19亿度，减排二氧化碳184万吨。

从这些惊人的数字我们可以看出，如果我们正确合理地使用这些电器，将会为国家节省很多电能，可以为地球减轻二氧化碳的排放，保护我们的地球不再变热。

向着太阳的花朵

人工植树造林，美化地球母亲

大家都知道，二氧化碳是全球变暖的罪魁祸首，而它的敌人是谁呢？那就非树莫属。树的形象代表着地球的活力。

大家都知道种植树木对于环境的益处，那么最早的植树节是怎么来的呢？近代植树节最早是由美国的内布拉斯加州发起的。19世纪以前，内布拉斯加州是一片光秃秃的荒原，树木稀少，土地干燥，大风一起，黄沙满天，人民深受其苦。1872年美国著名农学家朱利叶斯·斯特林·莫尔顿提议在内布拉斯加州规定植树节，动员人民有计划地

树的新生

美丽的枫树

挺拔的松树

植树造林。当时州农业局通过决议采纳了这一提议，并由州长亲自规定今后每年4月份的第三个星期三为植树节。当年就植树上百万棵。

在16年间，植树6亿棵，使内布拉斯加州10万公顷的荒野变成了茂密的森林。为了表彰莫尔顿的功绩，1885年州议会正式规定以莫尔顿先生的生日4月22日作为每年的植树节，并放假一天。

在美国，植树节是一个州定节日，没有全国统一规定的日期。但是每年的四五月间，美国各州都会组织植树节活动。到现在，美国有1/3的地区为森林树木所覆盖，这个成果同植树节是分不开的。现在的美国取得了丰硕的成果，已是树木成行，林荫载道了。

植树节在我国是什么时候兴起的呢？中国植树造林的历史，可以追溯到3000年前，但是真正成为国家建设的战略任务，却是在新中国成立之后，而成为公民的一项法定义务则是在改革开放之初。

这经历了一段很长的历史。20世纪50年代中期，国家就曾号召“绿化祖国”、“实行大地园林化”。1956年，中国开始了第一个“12年绿化运动”。1979年2月23日，在第五届全国人大常委会第六次会议上，根据国务院提议，

为动员全国各族人民植树造林，加快绿化祖国，决定将每年的3月12日定为全国的植树节。

大家都知道植被对于环境的重要作用，如果植被被破坏了，将有哪些灾难性的事件会发生呢？首先就是水土流失、土地荒漠化和沙化。就像1998年我国的特大洪水过后，党中央、国务院提出了方针和部署，第一项就是实施“封人植树、退耕还林”，加大水土保持工作力度，改

善生态环境。全面停止长江、黄河流域上中游天然林的采伐。重点治理长江、黄河流域生态环境严重恶化地区，大力实施营造林工程，扩大和恢复草地植被，逐步实施25度以上坡地退耕还林，强化生态环境管理。

除此之外，更为严重的是还可能造成气候变暖。全球变暖是真实的，而且正在进行。出现全球变暖趋势的具体原因是人们焚烧化石矿物以生成能量，或者砍伐森林并将其焚烧时产生的二氧化碳侵入地球的大气层。全球变暖的后果，会使全球降水量重新分配，冰川和冻土消融，海平面上升等，既危害自然生态系统的平衡，更威胁人类的食物供应和居住环境。2008年到2009年的雪灾、台风等极端气候现象都说明了这一点。

听了这些危害之后，广大学生朋友们做何感想呢？我们更加应该认识到植树造林是何等的重要，因此我们共同呼吁：人工植树造林，美化地球母亲！为防止地球变暖作出自己的努力。

“沙家浜”与“杨家将”

同学们，当我们认识到植树造林的重要性以后，先不要着急动手植树。因为树木和我们人类一样，有分类，有分工。不同的树木品种有不同的生活习惯和不同的用途。我们只有掌握了树木的相关知识以后，才能更好地利用这些树兵树将守护我们的大自然，与二氧化碳抗衡。

人工林

植树要讲数量，更要讲质量，讲整体和长远效益。否则就可能制造“绿色沙漠”，使植树工作的效益大打折扣，甚至产生负面效应。

有这么一个例子，国家花巨资植树造林，结果树种多了，森林生态功能却衰退了。主要原因，一是林龄单一。不同年龄段树林要有合理的比例，现在都是兄弟姐妹林。二是林种单一。南方是“沙家浜”（杉树），北方是“杨家将”（杨树）。三是林层单一。生态功能好的天然林，

泥石流

乔木、灌木、草、地衣下了雨不会流失。现在的人工林，远看一片绿，下了雨照样流。单一林层的绿化是表面绿化，是一种“绿色沙漠”，值得引起各地重视。实践证明，仅仅满足于栽活长大，还不一定能充分发挥植树造林的作用，不足以遏制生态恶化。我国的西北防护林主要是杨树，这些年多次出现不少杨树短时间内被天牛虫毁掉的情况，主要原因就是树种单一，降低了抵抗虫害的能力。1995年，庐山多次发生大规模泥石流，经专家查明，灾祸原因是人工杉林树种单一，长得高大，地表长年见不到阳光，杂草和矮小的灌木绝生，于是土质疏松，树根裸露，起不到水土保持作用。

形状各异的树

在这里给大家说几个流传下来的关于植树的趣事。

古时有一种生儿育树的说法，据《齐民要术》记载，生儿育女，要给每个婴儿栽20棵树。等到结婚年龄，树就可以做车轱辘，按一棵树可以做三副轱辘、一副值三匹绢计算，20棵树共值180匹绢，够结婚费用。为婴儿植树，是当时盛行的风俗。直到现在，贵州的侗族等少数民族地区还有为出生子女种“女儿杉”的习惯。

家庭树。波兰的一些地方规定：凡是生了小孩子的家庭均要植树3棵，称之为“家庭树”。

树木银行。为了防止建筑工程毁坏树木，日本开办了“树木银行”。施工单位必须把清理场地挖出来的带根树木及时存入“树木银行”，在工程结束后，该单位必须及时把树木取出来栽上，以保持原有的绿化面积。

求爱树。在德国的波恩市，每年的植树季节，小伙子要送给姑娘一棵精心挑选的白桦树苗，亲手把它栽好，以表达爱慕之情，人们称之为“求爱树”。

印度尼西亚爪哇岛法令条文规定，第一次结婚要种2棵

树，离婚的要种5棵；第二次结婚必须种3棵树，否则不予登记。

添丁种树。在非洲坦桑尼亚的许多地方，有一种“添丁植树”的风俗，即谁家生了孩子，便把胎盘埋在门外的土地里，并在那里种上一棵树，表示希望孩子像树一样茁壮成长。

看来树的用处还真多，但都是吉祥的象征，听说还有以树代坟的说法。中国有句古话叫做 “入土为安”，是炎黄儿女几千年的传统殡葬观念。但是我国的土地资源已难堪“入土为安”的重负，逝者与生者争地的问题已经很尖锐。因此以树代坟就产生了。它是一种把死者的骨灰埋葬在树下的安葬方式。有利于节约土地和环境保护，在国外很多地方都已经很普遍了。最关键的是我们生前要多多地爱护树木，保护植物，以确保我们有一个良好的生存环境。

树的新生

相依成长的大树

给屋顶戴上绿色环保的小帽子

同学们，你们喜欢自己种植植物吗？试过在自己家的花盆里栽些环保植物吗？或者利用房顶的资源，做一点小小的绿化呢？你知道吗？这些小事都是有利于阻止地球变暖的。绿化，应该成为我们防止地球变暖的一个重要项目。

今天，绿化面积的覆盖率日渐减少，生态环境加剧恶化，如何有效增加城市绿化面积，成为当今的重要课题。城市中植树、造林、种草、种花，从大的方面来说，可以预防地球变暖，从小的方面来说，不仅美化生活环境，而

且可以改善城市的气候、消除工业污染、清洁空气、防风避沙、减弱噪音等，因此这些树林花草有“城市卫士”之称。城市的绿化覆盖率只有超过60%时，植物才能真正起到绿色卫士的作用，我国城市绿化水平目前远远达不到这一指标，截至2010年5月，北京的绿化覆盖率为44.4%，天津为30.3%，上海为38%。根据我国大中城市特点，仅靠多种一些行道树，多开辟几个公园，建立少数绿化小区等这些平面绿化是难以大幅提高绿化水平的。

被遗忘的绿化角落

如果一座城市有50%的建筑物实现楼顶绿化，城市市区的气温将下降0.7℃左右，气温超过30℃的天数也将减少21%左右。

庭院绿化

城市生态系统是以人为主体结构的人工生态系统，人在这个生态系统中起主导作用，人与植物之比都在5:1以上，有人统计，东京为10:1，北京为8:1，即在城市生态系统中，生产者（绿色植物）的量很少，只有有限的绿地和庭院花卉，消费者（人）的量却很大，分解者（微生物）亦很少，与自然生态系统恰恰相反。随着城市化进程，消费者与生产者数量的差距将更大，形成一个倒金字塔结构。因而城市生态系统对其他生态系统如农业生态系统、河湖生态系统、森林生态系统等有很大的依赖性，显得非常脆弱。增加绿地和增强分解者的分解能力是改善城市生态的关键所在，也是优化城市环境的“瓶颈”。

然而随着工业的发展，城市化速度日益高涨，一栋栋高楼大厦拔地而起，土地面积日益减少。“屋顶荒漠”没有好好开发，无疑是一种浪费。

绿树与城市

日本政府从2010年4月起，要求东京市建筑面积在1000平方米以上的新建房，楼房业主必须将其屋顶可利用空地的至少五分之一种上绿色植被，违者将被处以20万日元（约相当于1800美元）以下罚金。据悉，楼房上面建绿地旨在抵御温室效应的影响。日本人这种把绿地“搬”到楼顶上的做法颇值得我们借鉴和仿效。

为全面推广屋顶绿化，有专家建议，政府主管部门应

多管齐下采取措施，首先在资金上增加对屋顶绿化前期研发费用的投入，引进国内外的先进技术，通过技术攻关及大规模的推广应用来降低建造成本，并逐步通过市场机制来培育与促进屋顶绿化产业的形成。此外，政府部门制定屋顶绿化的行业性规章，逐步推动屋顶绿化的立法，研究屋顶绿化的政府补偿机制，使业主与政府共同参与，并开展屋顶绿化达标活动，推动屋顶绿化事业的普及。也有专家指出，在人口及建筑物特别密集的中心城区，有关部门应以政府部门的大楼作为范例，率先开展屋顶绿化，进而在全市住宅区全面普及。

爬山虎

目前中国北方尚无屋顶绿化中有一年四季长绿植物的先例。曾有用爬山虎植物，但到冬季会出现落叶情况。因此决定利用四季长绿植物“冬雪绿友”解决城市楼顶绿化问题。

随着经济的发展，人们对环境质量的要求日益增高，人口愈来愈多，城市化速度越来越快，土地面积日趋减少，有计划有步骤地发展楼顶绿化，融建筑、生态、环境、经济、社会效益为一体，有着广阔的前景。保护地球，防止地球气温升高是每个人都应尽的义务。

水泥的科学变身

在当今这个世界上，我们最常见到的，应该就是钢筋水泥的建筑物了。水泥，这个昔日被认为是排放二氧化碳导致全球气候变暖的“罪人”，在英国科学家的发明下，开始转变为吸引二氧化碳的有力武器。

钢筋水泥的建筑物

总部设在伦敦的Novacem公司首席科学家称，这种新型环保水泥的诞生意味着水泥行业将从“重大的二氧化碳排放者到重要的二氧化碳吸收者的角色转变”。全世界每年生产约20亿吨水泥，这些水泥的生产占世界二氧化碳排放量的5%，超过整个航空业的年排放量。

经济时代下的人

传统水泥的生产会导致温室气体的排放，主要有两个来源：生产水泥的时候需要高温加热，因此需要耗费大量能量来对水泥窑里面的加工原料进行加热，比如像石灰石。但是这些原料在分解的过程中会进一步释放出二氧化碳。具体来说，标准的水泥，也称为普通硅酸盐水泥，是由石灰岩或黏土加热到大约1500℃ 后形成的。每加工1吨水泥会产生0.8吨的二氧化碳。当它最终与水混合用于建筑时，每吨水泥能吸收0.4吨的二氧化碳，因此每吨传统水泥的碳足迹为0.4吨。

水泥

有专家预测，到2020年，全球水泥需求量将比现在增加50%。随着人们对水泥需求量的直线上升，如果一直沿用传统水泥，那么因此造成的碳排放势必会增加。Novacem水泥以镁硅酸盐为基础原料，它不仅在制造过程中比标准水泥需要的热量少，而且在硬化过程中还能够有效吸收空气中的二氧化碳，这使得生产总体上是“碳负性”（carbon-negative）的。Novacem公司的水泥，在加热的时候不会释放出二氧化碳。其生产过程是在大约650℃的低温运行。这导致每吨水泥生产只排放0.5吨的二氧化碳。但Novacem水泥在硬化的时候可以吸收更多的二氧化碳，每吨水泥能吸收0.6吨的二氧化碳，因此，不会产生碳足迹。

Novacem公司目前已经引起了一些大型建筑公司和投资机构的注意，Novacem公司已经启动了一项由英国政府技术战略委员会资助的价值150万英镑的项目，建立一个试验性工厂。如果一切进展顺利，Novacem 水泥产品将在五年内投入市场。

生态区域发展环保组织建设顾问兼英国土木工程师学会环境和可持续发展小组成员乔纳森·艾塞克斯对新型水泥的发

明表示十分欢迎，他说："英国气候法案要求我们减少二氧化碳排放量，这就要求每个部门都应该发挥其作用。建造业在环境影响方面尤其需要承担更大的责任。"艾塞克

水泥也可环保

斯还表示，希望Novacem公司可以在提供竞争性价格的基础上，不断研发改进技术，开发出可以吸收更多量二氧化碳的水泥，而且希望该公司利用可再生能源对熔炉进行加热。

我们看到，通过先进的科学技术，往日那个制造二氧化碳的水泥，一个华丽的转身后变成了吸收二氧化碳，保护环境的爱心大使。我们不得不感叹科学技术的神奇力量。因此，同学们，从现在起，我们就要好好学习科学知识，长大以后研制出更多的吸附二氧化碳的新能源，为我们的地球降温。

用水给地球降温

同学们，你们知道吗？我们在提倡节约用水，保护水资源的同时，也保护了我们的环境，有效地控制了二氧化碳的排出量，让地球远离“温室”。

我们平时的衣食住行都离不开水，可以说水是人类最最亲近的朋友，有研究表明,人可以五天不吃饭，但三天不喝水生命就会终结。这足以看出水资源的重要性，我们应该节约用水，保护我们有限的水资源。

如何合理利用水资源，避免水资源的浪费呢？节约下的水资源又对减排有什么作用呢？

清澈见底的河流

1 合理用水

（1）给电热水器包裹隔热材料

有些电热水器因缺少隔热层而造成电的浪费。如果家用电热水器的表面温度很高，不妨自己动手“修理”一下，包裹上一层隔热材料。这样每台电热水器每年可节电约96度，相应减少二氧化碳排放92.5千克。如果全国有1000万台电热水器能进行这种改造，那么每年可节电约9.6亿度，减排二氧化碳92.5万吨。

（2）淋浴代替盆浴并控制洗浴时间

盆浴是极其耗水的洗浴方式，如果用淋浴代替，每人每次可节水170升，同时减少等量的污水排放，可节能3.1千克标准煤，相应减排二氧化碳8.1千克。如果全国的盆浴使用者能做到这一点，那么全国每年可节能约574万吨标准煤，减排二氧化碳1475万吨。

（3）适当调低淋浴温度

适当将淋浴温度调低1℃，每人每次淋浴可相应减排二氧化碳35克。如果全国有20%的人这么做，每年可节能64.4万吨标准煤，减排二氧化碳165万吨。

（4）洗澡用水及时关闭

洗澡时应该及时关闭开关，以减少不必要的浪费。这样每人每次可相应减排二氧化碳98克。如果全国有3亿人这么做，每年可节能210万吨标准煤，减排二氧化碳536万吨。

（5）使用节水龙头

使用感应节水龙头可比手动水龙头节水30%左右，每户每年可因此节能9.6千克标准煤，相应减排二氧化碳24.8千克。如果全国每年有200万户家庭更换水龙头时都选用节水龙头，那么可节能2万吨标准煤，减排二氧化碳5万吨。

淋浴比盆浴省水

（6）避免家庭用水跑、冒、滴、漏

一个没关紧的水龙头，在一个月内就能漏掉约2吨水，一年就漏掉24吨水，同时产生等量的污水排放。如果全国家庭用水时能杜绝这一现象，那么每年可节能340万吨标准煤，相应减排二氧化碳868万吨。

（7）用盆接水洗菜

用盆接水洗菜代替直接冲洗，每户每年约可节水1.64

吨，同时减少等量污水排放，相应减排二氧化碳0.74千克。如果全国1.8亿户城镇家庭都这么做，那么每年可节能5.1万吨标准煤，减少二氧化碳排放13.4万吨。

看看这些减排的数字，同学们是不是觉得特别有成就感？我们在节约用水的同时，原来也给了地球这么大的帮助啊！注意生活中的每一个细节，节约每一点能源，都可以给我们带来意想不到的成效和意义。

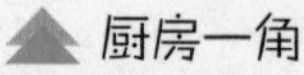
厨房一角

低碳生活

低碳，是为了减少碳的排放，即减少二氧化碳的排放。二氧化碳的增高，可能导致全球变暖，这是我们都不敢想象的可怖未来。所以，作为一个有责任的人，我们都必须开始自己的低碳生活，这也是时下低碳热的最重要原因。

一场“低碳生活运动”已经悄然在中国兴起：物尽其用、无纸办公、垃圾分类、少开私车、不坐电梯……以低能耗、低污染、低排放为特征的新兴生活方式，正受到越来越多80后年轻人的热捧，并逐渐成为一种时尚。

随手关灯、购买小排量车、使用环保购物袋、废物再利用等行为，正成为众多城市居民的自觉行动。他们以实际行动减少生活中的碳排放，且支持政府刚刚提出的减排目标，故得一个雅号——“低碳族”。“今天，你‘低碳’了吗？”甚至成为年轻的“低碳族”每日的问候语。

1 节省能源=节省金钱

环保专家认为，其实做到日常生活节能减排并不是十分困难的事情。简言之，就是做什么事，都“省”字当先，就能减排二氧化碳。

一位60多岁的老大爷说：“我觉得‘低碳生活’已成为我的习惯了。一年以来，我计算过每天碳排放量已由20千克下降到10千克左右了。节省不少支出，就是省钱啊，何乐而不为。”

低碳出行

目前在中国，年轻的“低碳族”队伍正逐渐壮大。据世界自然基金会表示，目前，北京、重庆、南京等16个城市的100多所高校近13万大学生做出了“加入低碳一族，应对气候变化”的承诺，用自己的行动应对气候变化。

2 何为“低碳生活”？

简单来说，“低碳生活”就是从自己的生活习惯做起，控制或注意个人的二氧化碳排放量，令全球二氧化碳的排放量降下来。其作为一种新兴的生活方式，以降低二氧化碳排放量为前提，以低能量、低消耗、低开支为特征，正潜移默化地改变着人们的生活。

3 彻底改变现有生活方式

近来，网上开始流行一种名为“碳排放计算器”的软

雪少开车，多坐公共交通工具

件，人们可以据此计算出自己在生活中的碳排放量，备受人们追捧。据测算，一个城市居民若拥有40平方米的居住面积，开1.6升汽车上下班，一年乘飞机12次，一年内的碳排放量就能达到2600吨左右。多么惊人的数字，所以我们以后要彻底改变现有的生活方式，为地球贡献自己的力量。

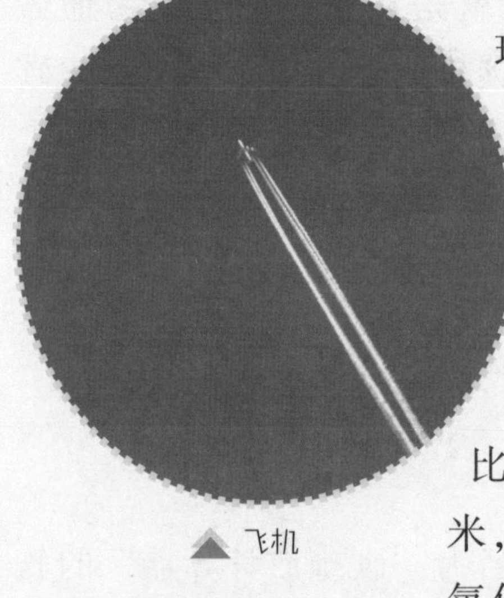

飞机

城市居民在日常生活中产生的二氧化碳排放量所占比重极大。在日常生活中，每个人都有自己的碳足迹，即每个人的温室气体排放量。比如，如果你乘飞机旅行2000千米，那么你就排放了278千克的二氧化碳；如果你使用了100度电，那么你就排放了78.5千克二氧化碳；如果你自驾车消耗了100升汽油，那么你就排放了270千克二氧化碳。

低碳是一种生活态度

低碳生活不等于低质生活，这是一种生活态度，当我们养成了这种好的生活习惯，不但会还地球一个健康的体魄，也会让自己的身体更加健康。崇尚低碳，反对浪费，为己为人，造化地球！

低碳太阳能 “走秀”世博会

保护我们的地球，是我们的共同责任。在2010年上海世博会再次体现，中国对低碳经济的重视，随着各种各样的绿色环保建筑场馆的建成，以及各项低碳措施的实施，呈现出几大行业板块的发展趋势。而发展低碳经济又将带来什么实质性的影响呢？

最近几年，太阳能的发展和利用已经渗透到很多行业中，越来越多的企业都看好这一清洁的低碳能源。

我国唯一一座大型“绿色低碳公共建筑”——世博中心，按照中国三星标准和美国LEED金奖双重控制执行，能满足国际性和地区性会议在规模、功能上的不同需求，具有很强的功能性和经济性。空间均“大可分割，小可合并”，同时可以在会议、展览、活动和演出等不同功能中弹性转换，实现最大的运营效率。

世博中心

除了这些优点以外，最引人注目的是其屋顶的设计。据了解，在整个世博中心楼顶上大面积使用了太阳能电池板，太阳能总装机容量达1兆瓦。据估算，世博中心总能耗低于国家节能标准规定值的80%，建筑节能率为62.8%，可再循环建筑材料用料比为28.9%。

世博文化中心

提供绿色、清洁、低碳的能源是太阳能的主要特色。很显然，新能源太阳能发电的利用在世博中心可谓突出。相关行业分析人士也表示，世博中心太阳能发电项目，是中国目前太阳能发电中光伏建筑一体化规模最大、技术最多，也是世博史上太阳能发电技术最大规模的应用。

据悉，在整个世博园区，世博中心、中国馆、主题馆等都应用到了太阳能发电技术。与此同时，世博会大规模太阳能利用也带动了太阳能民企的发展。据了解，在许多太阳能企业中，

太阳能

太阳西下的余光

唯一代表入驻世博民企馆的皇明太阳能，就提出了“太阳能，让城市更美好”的世博宣言，成为企业参与世博的一大亮点。

众多环保人士表示，这将使得我国乃至全球对新能源——太阳能的发展和利用方向更加明细，同时也加快了发展步伐。2009年主营太阳能及相关业务的企业营业收入776.87万元，同比增长168.29%，在太阳能行业将来会有两大发展方向，一是太阳能与建筑一

日出东方

体化；二是中高温。在中国70%的能耗是工业能耗，只有30%的能耗是民用能耗，工业能耗最基本的需求恰恰是中高温。

有关专家表示，太阳能发电不仅为世博会留下经认证的绿色财富和低碳世博的理念，更重要的是将为未来城市建筑发展起到示范作用，以及对今后可持续发展经济增长方式的转变发挥巨大的作用。

参与世博，关心低碳，让新能源走上新世纪的舞台，绽放节能环保的光彩。聚焦世博，关爱地球，让温室离我们渐行渐远。

地球一小时

一次考试荣登榜首，我们会兴奋，这是我们奋斗的回报，一次团队活动圆满结束的时候，我们每个成员都会欢呼，这是我们团结的力量。一个民族振兴的时候，全民族的人们都很振奋，这涉及一个民族的荣耀。一个世界性自发的呼吁，震撼了各国人民，让全世界人都拉起手，一起响应：地球一小时，这是我们全人类的共鸣。无节制地开灯，常年的灯火通明，不仅严重地浪费了电资源，也破坏了大自然的生态平衡，导致温室效应，危害着我们居住的地球。2007年，“地球一小时”发起于澳大利亚的悉尼，当年3月31日（星期六），超过220万家庭

关灯节能

企盼

和企业在20：30关上了灯。2008年，全球更有约5000万到1亿人参与了地球一小时的活动。2009年，来自88个国家中4159个城市的数亿人参与行动。2010年“地球一小时”的目标是全球6000多个城市、超过10亿人参与活动，政府、企业、社区积极加入，让“地球一小时”成为世界上规模最大的环保行动。

“地球一小时”社会各界的响应与支持

1.2010年3月27日20时30分，由公益组织WWF发起的“地球一小时”活动在全球开展，作为此次活动的合作伙伴，优酷与WWF联手号召千万网民行动起来，加入环保者的行列，熄灭灯光，承担责任，为确保一个可持续的未来发挥自己的作用。

2.哈尔滨市环境保护志愿者联合会副秘书长孙树东表示，“地球一小时”活动起初只是一项号召澳大利亚悉尼市民关灯的活动。2008年12月，在波兰召开的联合国气候变化大会上，世界自然基金会举行了“2009地球一小时”熄灯活动启动仪式，号召世界各国城市都加入到这一旨在加强公众环保意识的活动中。

2009年，哈尔滨市部分单位参与了“地球一小时”活动。经过宣传和市民环保意识的增强，今年更多的单位响应这一号召。27日晚，远大购物中心把室内的灯光调暗，关闭部分橱窗灯光；松雷商厦关闭店外霓虹灯；建设街步行街也关闭部分路灯；哈尔滨市道外区和平社区也组织宣传活动，号召居民和商家熄灯一小时。

3.“地球一小时”活动也得到了很多市民的积极响应。市民表示，过量二氧化碳排放导致的气候变化目前已经极大地威胁到地球上人类的生存。如果大家都重视环保，倡导低碳生活，节约能源，我们的生存环境将会有所改善。

地球之夜，你关灯了吗?

同学们，作为地球的小主人，你们有义务尽全力地去保护我们的地球，保护我们的环境，节省资源，维持生态平衡。关爱我们的地球，为它降温降压，从我做起，从现在做起!

空气能的利用

空气能热水器

现在，一个新型的热水器正在被大肆宣传推广：空气能热水器，它的广告词标语都是以节能和环保为中心，在大力宣传节约能源，爱护环境的今天，人们开始越来越多地注意这些节能又环保的新型家电。

1 什么叫空气能热水器

空气能热水器，又叫热泵热水器，也叫空气源热水器，是采用制冷原理从空气中吸收热量来制造热水的“热量搬运”装置。通过吸取环境中的热量从而将环境里的热量转移到水中。这个理论最早是由英国物理学家J.P.Joule提出的，他首次描述了关于热泵的设想，吸收空气中的低能热量，经过中间介质的热交换，并压缩成高温气体，通过

太阳能热水器

管道循环系统对水加热，耗电只有电热水器的1/4。该新产品避免了太阳能热水器依靠阳光采热和安装不便的缺点。

2 工作原理

室外机

空气能热水器是按照“逆卡诺”原理工作的，形象地说，就是“室外机”像打气筒一样压缩空气，使空气温度升高，然后通过一种在-17℃就会沸腾的液体传导热量到室内的储水箱内，再将热量释放传导到水中。

运用热泵工作原理制热，与空调制冷相反——国家制冷标准是1000瓦，电制冷2800瓦。根据热平衡的原理，同时最少产生2800瓦的热量，加上输入的1000瓦电，实际产生的热量在3000～4000瓦，把这些热量输送到保温水箱，其耗电量只是电热水器的四分之一。

3 空气能热水器的优点

空气能热水器不需要阳光

空气能热水器不需要阳光，因此放在家里或室外都可以。太阳能热水器储存的水用完之后，很难再马上产生热水。如果电加热又需要很长时间，而空气能热水器只要有空气，温度在0℃以上，就可以24小时全天候承压运行。这样一来，使用完一箱水，一个小时左右就会再产生一箱热水。同时它也从根本上消除了电热水器漏电、干烧以及燃气热水器使用时产生有害气体等安全隐患，克服了太阳能热水器阴雨天不能使用及安装不便等缺点。

空气能热水器最大的优点是“节能”。拿具体数据来说：30℃温差热水价格分别为：电热水器1.54分钱/升热水（电价0.49元/度）；燃气热水器1分钱/升热水（气2元/立方米）；热泵热水器通过大量获取空气中的免费热能，消耗的电能仅仅是压缩机用来搬运空气能源所用的能量，因此热效率高达380%~600%，制造相同的热水量，热泵热水器的使用成本只有电热水器的1/4，燃气热水器的1/3。

简约家装，低碳生活

家，是我们每个人心中最温馨的港湾，它为我们遮风避雨，它供我们栖息打闹，它是我们最初的天地。相信每个同学都想动手装扮我们的天地，或者很多同学已经把自己的小屋布置成人间天堂、世外桃源。但是同学们，当我们把家变得美观舒适的时候，请别忘了为我们地球这个大家庭节能降温。

那什么样的装修是最美丽又最健康又最值得我们提倡的呢？低碳家居生活，从装修先着手。

"低碳"是一个涵盖内容非常广的概念，所有能够降低二氧化碳排放的方式都可以统称为低碳，包括工业生产上的节能减排、建筑的绿色设计、汽车的节能。低碳生活对于家居来讲，也能尽量节约能源，减低有害物质的排放。

1 简约大方最利于节能

近几年来，简约的设计风格渐渐成为家庭装修中的主导风格。而简约的风格恰恰就是家装节能中最为合理的关键因素，当然简约并不等于简单，只要设计考虑周全，简约的风格很适宜现代装修，特别是年轻人的口味。而且这样的设计风格能最大限度地减少家庭装修当中的材料浪费问题。通透的设计如今也慢慢被越来越多的业主所接受，而这样的设计在保持通风和空气流通的同时，也很大程度上减少了能源浪费。

简约不简单

2 色彩回归环保自然

以前的家总是千篇一律的白色，随着化工产业的发展，家居的颜色越来越多。其实色彩的运用也是关系到节能的，过多使用大红、绿色、紫色等深色系其实就会浪费能源。

特别是高温时节，由于深色的涂料比较吸热，大面积设计使用在家庭装修墙面中，白天吸收大量的热能，晚上使用空调会增加居室的能量消耗。

3 绿色建材筑就低碳生活

在装修过程中，其实可以更多在一些不注重牢度的“地带”使用类似轻钢龙骨、石膏板等轻质隔墙材料，尽量少用黏土实心砖、射灯、铝合金门窗等。而在一些设计上也可以考虑放弃，比如绝大多数家庭只是偶尔使用的射灯和灯带，其实是造价不菲的设计，很可能成为一大浪费。完全可以通过材质对比、色彩搭配等各种手段，替代射灯和灯带。

此外，搬新居时，能继续使用的家具尽量不换。多使用竹制、藤制的家具，这些材料可再生性强，也能减少对森林资源的消耗。孩子的房间可采取手绘的装修，节省建筑材料的同时也开启了孩子的灵感之门。尤其在这个奉行个性的时代，与众不同、标新立异是每个年轻人追求的标准。给孩子一个创作的机会，给自己一个爱护环境的机会，给森林一个喘息的机会，给世界更多发现的机会。

这个世界上并不缺少美，缺少的只是发现美的眼睛。这个地球上并不缺少资源，缺少的只是爱护环境，节约资源的环保卫士。手拉手，心连心，我们一起创造美；手拉手，心连心，我们一起宣传美。

清除一次性垃圾，还地球长久凉爽

一次性拖鞋

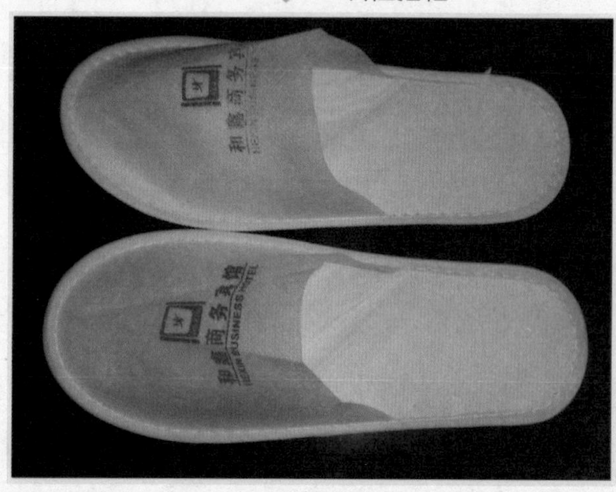

在日常生活中，有很多一次性用具，为了方便人们的使用，也为了看似的卫生，在菜市场摊贩手中挥舞着一次性塑料袋，在饭店桌上摆着一次性餐具，在宾馆卫生间里一次性毛巾，一次性牙具样样俱全。同学们，当你们随手使用这些一次性“便利品”的时候，你们正在为环境制造一份垃圾，为地球的温室效应添上一把小火，在方便了自己的时候，让地球变得“麻烦”起来。

一次性牙具

为了给我们的地球减少负担，我们在平时的生活中应该做些力所能及的小事，来帮助清理这些一次性用具，避免处理这些一次性垃圾燃烧时释放的二氧化碳。那么聪明的你们，请开动脑筋想一想，在生活中，我们都可以减少哪些一次性的“垃圾”呢？

说起一次性物品，生活中随处可见其身影：上街购物，超市提供了塑料袋，大袋套小袋，方便啊；去吃饭，饭馆不论大小都奉上一次性筷子，卫生啊；人在旅途，宾馆里的“六小件”一个也不少，今天用完，明天又备上一套，舒服啊；连喝水都有一次性纸杯或一次性塑料杯可供选择。更不必说不断推陈出新的一次性服饰、一次性照相机……

一次性物品“用完就扔”，方便、时尚，满足了一些需求，然而一次性消费品的“杀手”本色已经显露：它们吞噬着有限的地球资源，同时制造着大量的垃圾灾难，导致严重的环境污染。据调查，一个普通家庭一年要耗用5500个塑料袋；一个星级宾馆两天的“六小件”废弃物就装满一卡车；用一次性筷子，哈尔滨市民一年就“吃掉”34万棵大树。目前，全国三分之二的城市被垃圾包围，而且正急速向农村蔓延，其中多是废弃的一次性物品。可以说，一次性物品是现代社会的一柄双刃剑，既是物质富足、高效的象征，也是把资源变成垃圾的“加速器”，带给我们的是一时的方便和长期的隐患。

一次性餐具

尽管少生产1个塑料袋只能节能约0.04克标准煤，相应减排二氧化碳0.1克，但由于塑料袋日常用量极大，如果全国减少10%的塑料袋使用量，那么每年可以节能约1.2万吨标准煤，减排二氧化碳3.1万吨。

我国是人口大国，广泛使用一次性筷子会大量消耗林业资源。如果全国减少10%的一次性筷子使用量，那么每年可相当于减少二氧化碳排放约10.3万吨。

从长远上看，一次性消费模式与建设节约型社会的发展方向背道而驰。因此，我们需要反思从前的随意浪费、高度消耗的消费行为，自觉摒弃一次性消费所带来的虚荣的快感，厉行节俭，重塑消费理念。举手而利天下的事何乐而不为！

塑料袋

室内温度与地球温度的协调发展

同学们，我们都知道地球的自转出现了昼夜的交替，而地球围绕太阳的公转产生了四季，春秋温度适宜，寒冷的冬天和炎热的夏天会让很多人吃不消，为了能让我们生活得更舒适，许多家庭购买了空调、电风扇、电暖气等制冷或者升温的机器。在我们享受舒适的时候，地球却开始汗流浃背……

为了减少这些设备的排碳量，给地球降温，我们应该合理使用电器，力求人类和自然和谐发展。还地球一个美好的明天。

▲电风扇

1 合理使用空调

（1）夏季空调温度在国家提倡的基础上调高1℃

炎热的夏季，空调能带给人清凉。不过，空调是耗电量较大的电器，设定的温度越低，消耗能源越多。其实，通过改穿长袖为穿短袖，改穿西服为穿便装，改扎领带为扎松领，适当调高空调温度，并不影响舒适度，还可以节能减排。如果每台空调在国家提倡的26℃基础上调高1℃，每年可节电22度，相应减排二氧化碳21千克。如果对全国1.5亿台空调都采取这一措施，那么每年可节电约33亿度，减排二氧化碳317万吨。

空调应合理使用

（2）选用节能空调

一台节能空调比普通空调每小时少耗电0.24度，按全年使用100小时的保守估计，可节电24度，相应减排二氧化碳23千克。如果全国每年10%的空调更新为节能空调，那么可节电约3.6亿度，减排二氧化碳35万吨。

（3）出门提前几分钟关空调

空调房间的温度并不会因为空调关闭而马上升高，出门前3分钟关空调，按每台每年可节电约5度的保守估计，相应减排二氧化碳4.8千克。如果对全国的空调都采取这一措施，那么每年可节电约7.5亿度，减排二氧化碳72万吨。

2 合理使用电风扇

空调在我国家庭中逐渐普及，但电风扇的使用数量仍然巨大。电扇的耗电量与扇叶的转速成正比，同一台电风扇的最快档与最慢档的耗电量相差约40%。在大部分的时间里，中、低档风速足以满足纳凉的需要。

以一台60瓦的电风扇为例，如果使用中、低档转速，全年可节电约2.4度，相应减排二氧化碳2.3千克。如果对全国约4.7亿台电风扇都采取这一措施，那么每年可节电约11.3亿度，减排二氧化碳108万吨。

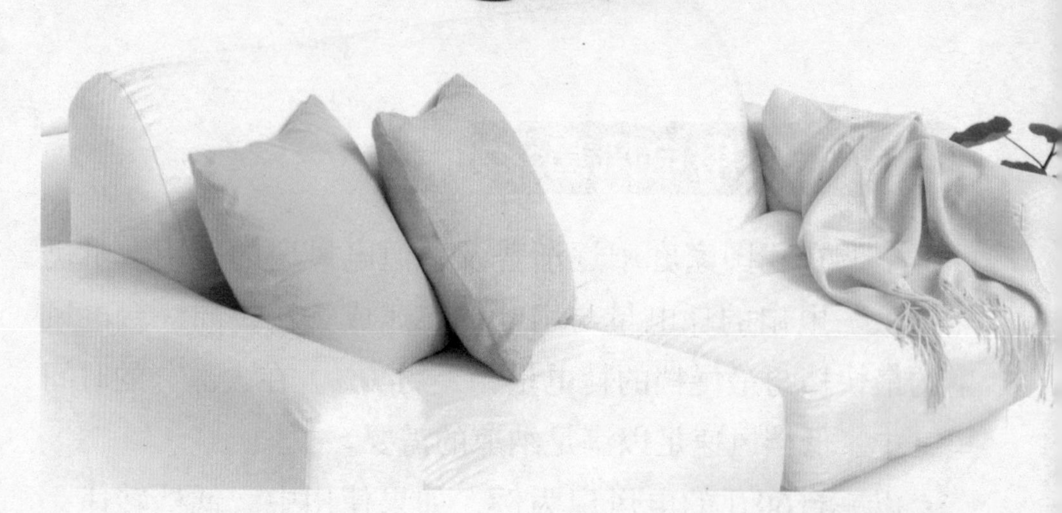

3 合理采暖

通过调整供暖时间、强度，使用分室供暖阀等措施，每户每年可节能约326千克标准煤，相应减排二氧化碳837千克。如果每年有10%的北方城镇家庭完成供暖改造，那么全国每年可节能约300万吨标准煤，减排二氧化碳770万吨。

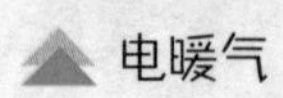

电暖气

同学们，你们记住这些方法了吗？掌握了这些生活常识，让我们担当起家庭的小主人，地球的小卫士，时时刻刻提醒家人、身边的人和自己，正确地使用升温、降温电器，当我们获取舒适的时候，别忘了给地球一个适合的温度。

少用一次电梯，多走两步楼梯

同学们，你们有晨跑的习惯吗？健康的体魄，是我们有精力好好学习的基础与保障。所以在紧张的学习之余，请别忘了放松一下心情，锻炼一下身体。

电梯省时省力却不环保

有的同学可能要说了，哪里有时间锻炼身体啊，光是作业和补习班就已经占满了我们所有的课余时间，没关系，现在还可以给大家推荐一个很好的锻炼项目：爬楼梯。楼梯原本是我们每天上学放学的必经之路，可是现在新型的高大建筑都使用便捷省力的电梯，不用说孩子了，大人都不愿再爬楼梯，渐渐的，这项唯一让我们有时间锻炼的健康项目也被大家弃之脑后了。

电梯虽然省时省力，却带来了巨大的电能消耗，乘坐电梯不但让我们失去了好的锻炼机会，还让地球渐渐地失去健康，一步步发起高烧。

据测算，普通电梯启动一次，约耗电1度，空载一个小时约耗电8度。也就是说，从一层到二层，如果您选择了乘坐电梯的话，那耗电量就相当于家里的普通灯泡亮25个小时。电梯耗电量的计算包括3个部分：启停时、运行时和静止时。其中启停时的耗电量最大，运行时次之，静止时消耗最小。目前全国电梯年耗电量约300亿度。这样的情况下，尽量减少电梯的运行次数将是最有效的节约电能的方式。所以较低的楼层尽量多走楼梯，少乘电梯。通过较低楼层改走楼梯，多台电梯在休息时间只部分开启等行动，大约可减少10%的电梯用电。这样一来，每台电梯每年可节电5000度，相应减排二氧化碳4.8吨。全国60万台左右的电梯采取此类措施每年可节电30亿度，相当于减排二氧化碳288万吨。

多么惊人的数字，也就是当你停止按下电梯的手，你就会帮地球减少一次伤害，同时给自己多一份健康。

有人将爬楼梯称之为“运动之王”。据运动医学家的

爬楼梯有益身体健康

测定，人每登高1米所消耗的热量，相当于散步走28米。其所消耗的能量是静坐时的10倍、走路的5倍、跑步时的1.5倍、游泳时的1倍、打乒乓球的1.3倍、打网球时的1.4倍。如果沿着6层楼的楼梯上下跑2~3趟，则相当于平地慢跑800~1500米的运动量。由此可见，爬楼梯又是一项简单易行、效果明显的锻炼方式，特别是对女性减肥塑身大有裨益。

爬楼比打网球还要消耗能量

“成由勤俭败由奢”，合理使用电梯，降低电梯上下低楼层的使用频率，尽量多走楼梯，少乘电梯，强身健体又节能。

让我们顾全大局，牢固树立主人翁意识，以崭新的形象、良好的素质，优异的成绩为节约型社会建设作贡献；让我们从自身做起，从现在做起，从点滴做起，为建设节约、文明、和谐社会贡献一份应尽的力量，承担一份应尽的责任！

边做饭边减排

同学们，你们都会做饭吗？在家帮爸爸妈妈做过饭吗？味道怎么样？其实，做饭有很多小技巧，当你掌握了这些技巧以后，不光做出的饭菜香甜可口，还可以为家里省下很多的能源，也是为国家节省能源，帮地球减排，远离温室效应。

下面，就教你们几个节能做饭的小窍门：

美食

1 适当运用大小火

做饭时避免烧“空灶”。烧汤或炖东西，先用大火烧开，再改小火。炒菜、蒸馒头，用大火；熬汤、烙饼用文火；食物熟或沸腾后，把火关小，保持微沸即可。烧水时，先用小火，等水温升高后，再用大火烧。

2 多焖少蒸

焖虾

蒸饭所用的时间是焖饭的3倍，因此您可以选择焖替代蒸。

3 火焰分布面积与锅底相平

天然气的火焰由三部分组成，外焰温度最高。做饭时如果火焰太大，实际上是在用温度最低的内焰，外焰的热量大部分散失。因此，做饭时要将火焰分布面积调节至与锅底相平，就可减少热量散失。

4 锅底与灶头保持20～30毫米

锅底与灶头的最佳距离应保持在20～30毫米之间，还要注意保持锅底清洁、干爽，以便热量尽快传到锅内，达到节气的目的。您还可以制造一个“挡风罩”，保证做饭时火力集中。

5 经常清洗炉具

天然气燃烧充分热值最高。您需要经常清洗炉具、炉头和喷嘴，也可以观察火焰，红黄色火焰需要调大灶具风门，产生“脱火”现象则需要调小风门，直到火焰呈紫蓝色。

洗锅

热爱地球，从我做起，远离“温室”，从生活中的小事做起。有了我们的努力，相信明天的天更蓝，树更绿，我们的地球更美丽！

6 如何煮绿豆汤低碳又省钱

绿豆汤

现在全世界都在提倡低碳的生活方式，那么如何做饭低碳又省钱呢？绿豆汤是人们夏季常喝的，它有清热解暑和解毒名目的功效，但是大家都知道，绿豆特别不容易煮烂，所以很多人都用高压锅来煮，很麻烦，这里介绍一种不用高压锅又很节能的煮绿豆汤的方法：先将绿豆凉水下锅，待水烧开后关火，让它焖着，二十分钟后开火，待汤开后煮上两分钟，拿把汤勺快速掀开锅盖，这时豆皮都漂在上面，迅速下勺把豆皮捞起，慢了豆皮就沉下去了，这时可把锅盖重新盖上，待汤大开时重复上述方法，此法煮的绿豆开的花特别好，又可以把豆皮去除，不像高压锅煮的豆子都碎了。此方法还可以煮挂面，方法是：水开后下挂面，待再开起来后关火，过两到三分钟开火，开锅后面就熟了。

高压锅

温室效应 小事做起

低碳，英文为low carbon，意指较低（更低）的温室气体（二氧化碳为主）的排放。“低碳生活”作为一种生活方式，先是从国外兴起，可以理解为：减低二氧化碳的排放，就是低能量、低消耗、低开支的生活方式。在这里，我们要知道为什么要减低二氧化碳的含量呢？因为它是温室效应的罪魁祸首。

秋天的落叶

下面我们就三个方面来说怎样做到低碳，给你介绍些小窍门。

1 家居篇

改改你的“电动依赖症”吧，电动电器会在生产和使用过程中消耗大量高含碳原材料以及石油，变相增加了二氧化碳的排放。

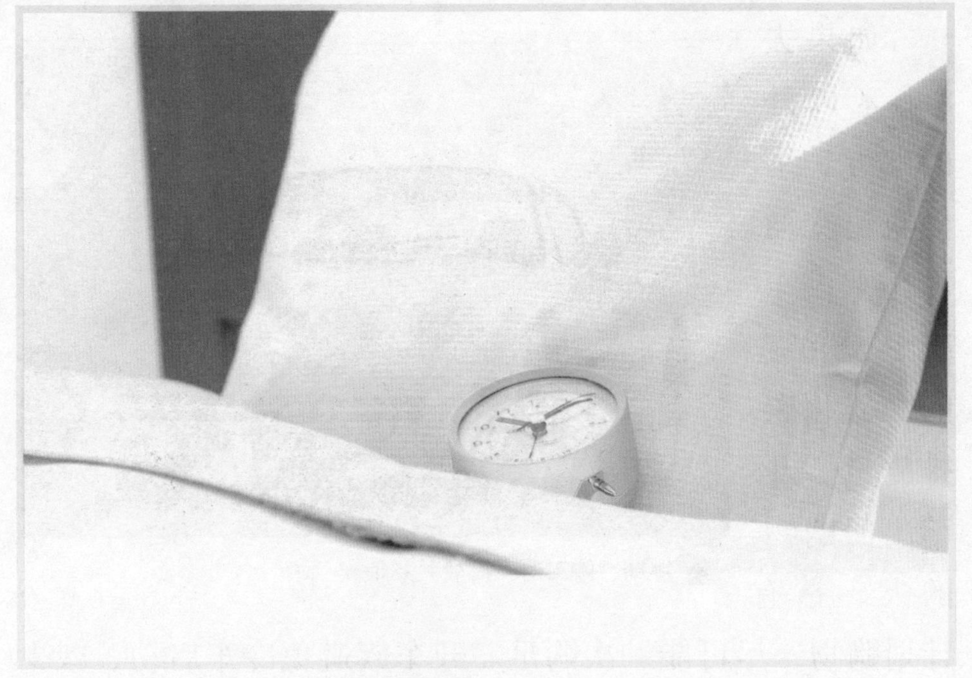

美丽的家居

室内以走简约设计之路，设计以自然通风、采光为原则，减少使用风扇、空调及电灯的几率。通常，在整个建筑的能量损失中，约50%是在门窗上的能量损失。中空玻璃不仅把热浪、寒潮挡在外面，而且能够隔绝噪音，降低能耗。小户型无论在节约建筑材料、节能节电、建造和使用成本等方面都优于大户型，碳排放量也明显小于大户型。

静下心来把杂乱无章的书房收拾一下吧。布艺和地毯统统都拿走，散落的杂志都收进柜子里去，开放式的书架

里不要放太多的东西。只要记得简单就好，简约风会使你的房间在不知不觉中就变得凉爽惬意起来。

2 交通篇

发动、停车对碳排放关系很大

如果去8千米以外的地方，乘坐轨道交通可比乘汽车减少1700克的二氧化碳排放量。开车出门购物的人，请有计划购物，尽可能一次购足。开车族避免冷车启动、减少怠速时间、尽量避免突然加速、选择合适挡位、避免低挡跑高速、用黏度最低的润滑油、定期更换机油、高速驾驶时不要开窗、轮胎气压要适当。购买低价格、低油耗、低污染，同时安全系数不断提高的小排量车。多步行或骑自行车，乘坐轻轨或地铁。

3 办公篇

多用电子邮件、MSN等即时通讯工具，少用打印机和传真机。在午餐休息时和下班后关闭电脑及显示器，可将这些电器的二氧化碳排放量减少三分之一。办公室内种植一些净化空气的植物，如吊兰、非洲菊等主要可吸收甲醛，也能分解复印机、打印机排放出的苯，并能咽下尼古丁。我们每天都会收到商家发来的广告宣传品，大多数人将它们丢进垃圾桶，每天有那么多纸张白白地被当成垃圾一样扔掉，着实让人心疼，可以收集起来进行集中处理。

同学们，我们要做地球的小卫士，大家都行动起来吧。从自己做起。

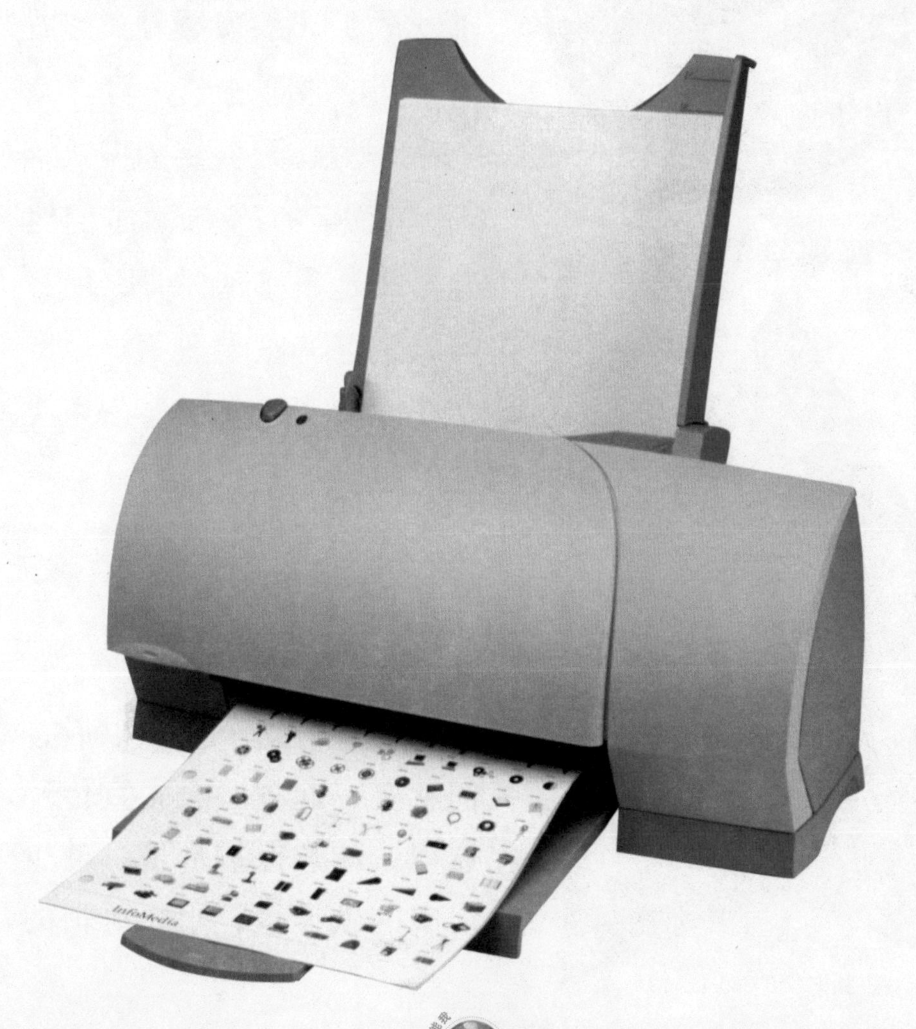

建筑节能 环境保护

我们生存的地球

同学们，你们听过UFO吗？你们相信真的有外星人的存在吗？幻想一下以后我们人类会不会发展到火星或者其他的星球上去？经过众多科学家以及大量的投入，还有多年的努力，他们给出的答案是各占50%。眼前我们赖以生存的家园只有一个地球，在没有找到其他适合人类居住的星球之前，我们一定要好好保护它。

新时代的绿色家园

一旦有了这个认识以后，我们就要一起齐心合力宣传环保意识，注意保护环境，减少生活中的碳排量，阻止可怕的温室效应。这个时候建筑节能脱颖而出，它与环境保护的意义也就体现出来了。目前全球房地产及相关领域造成了70%的温室效应。全球40%的二氧化碳排放量来自建筑物，而中国建筑能耗在能源耗费总量的比重已从20世纪70年代

建筑耗能较多

末的10%，上升到近年来的27%左右。

绿野中的城堡

所谓建筑节能往深了说，其实并非消极的节省一些建筑材料，而是在建筑中合理使用和有效利用能源，不

断提高能源利用效率。住宅科技化是住宅产业发展的必然趋势，这已经成为一种共识。过去，三亚在住宅科技化方面意识不强，起步较晚，落后于一些国内城市。现在，中水回用、住宅室内新风系统、小区24小时安防系统等高科技技术早已被住宅开发商普遍应用到自己的住宅中去。还有太阳能的应用，“太阳能热水供应系统”及国际先进的“新风系统”，将太阳能转化为电能直接应用到小区公共用电中。这个项目投入使用后，年可节电66842千瓦时，节省一次性能源约27.41吨标准煤，减少城市电力建设资金200多万元。

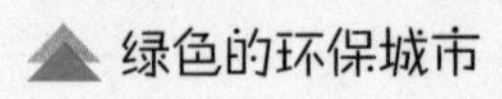

绿色的环保城市

这就好比你一个月要穿一双50元的鞋。不如去花800元去买两双好一点的鞋，然后三年不再买鞋。特别是在我国这样的人口大国，能源消耗非常厉害，随着环境污染的程度日益严重，人们对环境保护的重要性也越来越重视，长辈们会给我们讲一些节能保温的意义以及重要性，还有它带来的改变。例如，做过外墙保温的房子室内外的温差可达到10度以上，冬暖夏凉，这就节省了空调热水供应等能源的消耗。

建筑节能与环保需要强大的技术力量支撑，虽然当前在技术以及金钱方面投入不菲，但从长远的角度来看意义非常重大。能源是发展国民经济、改善人民生活的重要物质基础。但随着人民生活水平的不断提高，建筑能耗一直都是上升的趋势，这就制约了经济的持续发展，所以降低建筑能耗已经刻不容缓了。

同学们，为了我们有更好更健康的生存的环境，为了我们共同的家园，也为了我们的子孙后代着想，更为了我们赖以生存的地球，请对能源的浪费说不，请对“温室效应”说不，让我们共同呼吁，让我们一起努力，为节能，为环境保护尽一份我们的力量吧!

共建美丽的绿色家园

保卫绿色，保卫家园

同学们，你们知道吗？美国总统罗斯福对梅花鹿情有独钟，他从私人利益出发，下令对北亚利桑那州一片茂密的大森林进行大规模扫荡，鹿的天敌——狮子、狼等食肉动物基本被捕杀殆尽。

保护大家的家园

但接下来，四千多只鹿像生物爆炸一般，呈几何级数迅猛增长，十几万只伸着长脖子的可爱精灵们，吃光了树上的叶子，仿佛只在转眼间，一些大森林就从地球上消失了，最后剩下的，只有几只病鹿。鲁迅先生说过，悲剧就是把美好的东西毁灭给人看。

草地上的小鹿

在我国南部，有一个美丽的地方，那里向来被人们称为镶嵌在我们这个植物王国皇冠上的一颗绿宝石。她的美丽，当然是绿色赋予的。可是，就在这绿宝石之上，有8家红砖厂的大烟囱，不分昼夜地喷吐着氟化物和二氧化硫严重超标的浓烟，致使1262亩的天然橡胶林受害，30500棵橡胶树枯死。胶民们眼睁睁地看着却奈何不了它。无独有偶，在同一纬度的广西某地，也上演过惊人相似的一幕，如果说那一幕还有点不同的话，就是红砖厂的废气除了使大面积胶林枯死外，还造成50多亩芒果只开花不结果，出现果荒。

滚滚浓烟

我们知道，天然橡胶是目前地球上极为少有的自然资源，仅生长在赤道附近，我们也知道，芒果是公认的“水果之王”，那么何以会出现上面那样的情况呢？因为红泥巴变成砖块，只需要几天的时间，远比橡胶芒果来钱要快！

绿色是和平和生命的象征，在我们很小的时候，我们的心便融进了一个绿色的海洋。人类只有一个地球，我们对这个星球上的

鲜嫩的芒果最终敌不过砖块

生态系统有着永远摆脱不完的依赖性，需要地球源源不断地提供植物和动物的食物，需要有足够厚度的大气层，来保护人类不受过高或过低气温，以及过量紫外线的伤害，需要地球提供足够量的水和氧气来维持生命的存在，而没有了绿色，这一切成了无本之源。常言说，人无远虑，必有近忧，居安思危，要防患于未然。

我们为什么要等到头上见不到日月星辰，满目酸雨纷纷，脚下洪浪滔天，汪洋恣肆，人间无处不飞沙，等到“千山鸟飞绝，万径人踪灭”时，才悔不当初呢？人类既已觉醒，就应该在危机面前积极行动起来，把握历史机遇，化压力为动力，保卫绿色，保护我们共有的家园。

吃掉“温室”

同学们，你们都喜欢吃什么样的食品？注意科学的饮食，注意粮食的节约了吗？小的时候，爸爸妈妈就教我们《悯农》这首诗，老师也不停地教育我们，节约是中华民族的传统美德，作为华夏子孙，我们要继承五千年的传统，将节约进行到底，珍爱身边的资源，请口下留情！

一起吃掉温室

1 减少粮食浪费

“谁知盘中餐，粒粒皆辛苦”，可是现在浪费粮食的现象仍比较严重，而少浪费0.5千克粮食（以水稻为例），可节

能约0.18千克标准煤，相应减排二氧化碳0.47千克。如果全国平均每人每年少浪费0.5千克粮食，每年可节能约24.1万吨标准煤，减排二氧化碳61.2万吨。

煤

收割的人

2 减少畜产品浪费

每人每年少浪费0.5千克猪肉，可节能约0.28千克标准煤，相应减排二氧化碳0.7千克。如果全国平均每人每年减少猪肉浪费0.5千克，每年可节能约35.3万吨标准煤，减排二氧化碳91.1万吨。

3 饮酒适量

含二氧化碳的啤酒

（1）夏季每月少喝一瓶啤酒

酷暑难耐，啤酒成了颇受欢迎的饮料，但“喝高了”的事情时有发生。在夏季的3个月里平均每月少喝1瓶，1人1年可节能约0.23千克标准煤，相应减排二氧化碳0.6千克。从全国范围来看，每年可节能约29.7万吨标准煤，减排二氧化碳78万吨。

（2）每年少喝0.5千克白酒

白酒丰富了人们的生活，更成就了中华民族灿烂的酒文化。不过，醉酒却容易酿成事故。如果1个人1年少喝0.5千克白酒，可节能约0.4千克标准煤，相应减排二氧化碳1千克。如果全国2亿“酒民”平均每年少喝0.5千克，每年可节能约8万吨标准煤，减排二氧化碳20万吨。

共饮

4 减少吸烟

吸烟有害健康，香烟生产还消耗能源。1天少抽1支烟，每人每年可节能约0.14千克标准煤，相应减排二氧化碳0.37千克。如果全国的烟民都这么做，那么每年可节能约5万吨标准煤，减排二氧化碳13万吨。

衣食住行来低碳

减少二氧化碳的排放量，避免温室效应，保护环境是人类共同的责任。下面就讲一下从衣食住行中来降低二氧化碳的排放。

衣：少买不必要的衣服。一件普通的衣服从原料到成衣再到最终被遗弃，都在排放二氧化碳。少买一件不必要的衣服就可以减少2.5千克二氧化碳的排放。另外，棉质衣服比化纤衣服排碳量少，多穿棉质衣服也是低碳生活的一

部分。

食：吃素。生产1千克牛肉排放36.5千克二氧化碳，而果蔬所排放的二氧化碳量仅为该数值的1/9。另外本地的果蔬和水也比外地运输来的排放二氧化碳量小。此外，低碳饮食还包括适量喝酒，如果1个人1年少喝0.5千克酒，可减排二氧化碳1千克。

住：选择小户型，不过度装修。减少1千克装修用钢材，可减排二氧化碳1.9千克；少用0.1立方米装修用木材，可减排二氧化碳64.3千克。

用：节电、节水。以11瓦节能灯代替60瓦白炽灯，每天照明4小时计算，1支节能灯1年可减排二氧化碳68.6千克；随手关灯减排二氧化碳4.7千克。如果每台空调在26℃基础上调高1℃，每年可减排二氧化碳21千克。此外，少用1个塑料袋可以减少二氧化碳排放0.1克；只要少用10%的一次性筷子，每年就能减碳10.3万吨；少用电梯，合理使用电视、冰箱、电脑等电器，及时切断其电源。工作时，单面纸要重复利用，能电子化办公的少用纸张。

行：少开车，选小排量车。每月少开一天，每车每年可减排二氧化碳98千克，如果出行选择公共交通工具或自行车，二氧化碳排放量将会更少。此外，排气量为1.3升的车每年减排二氧化碳647千克。通过及时更换空气滤清器、保持合适胎压、及时熄火等措施，每辆车每年减排二氧化碳400千克。

如何为地球洗掉高温

同学们，如果让你把我们的日常生活、活动分类，会分为哪几大类？你们一定会异口同声地说：衣、食、住、行。是啊，这是我们常挂在嘴边的几大活动，我们已经从食和行两方面考虑过如何减排，给地球缓解压力，那么在衣和住方面我们该怎么做呢？生活中又有哪些小事，可以帮我们在衣服和住宿方面减少二氧化碳的排放呢？我们该养成哪些好的习惯呢？

繁忙的城市生活

1 少买不必要的衣服

购物应合理

服装在生产、加工和运输过程中，要消耗大量的能源，同时会产生废气、废水等污染物。在保证生活需要的前提下，每人每年少买一件不必要的衣服可节能约 2.5千克标准煤，相应减排二氧化碳 6.4千克，如果全国每年有2500万人做到这一点，就可以节能约6.25万吨标准煤，减排二氧化碳16 万吨。

2 减少在宾馆住宿时的床单换洗次数

床单、被罩等的洗涤要消耗水、电和洗衣粉，而少换洗一次，可省电0.03度，水13升，洗衣粉22.5克，相应减排二氧化碳50克。如果全国8880家星级宾馆（2002年数据）都采纳“绿色客房”标准的建议（3天更换一次床单），每年可综合节能约1.6万吨标准煤，减排二氧化碳4万吨。

洗衣也应节能

3 采用节能方式洗衣

（1）每月手洗一次衣服

随着人们物质生活水平的提高，洗衣机已经走进千家万户。虽然洗衣机给生活带来了很大的帮助，但只有两三件衣物就用机洗，会造成水和电的浪费。如果每月用手洗代替一次机洗，每台洗衣机每年可节能约1.4千克标准煤，相应减排二氧化碳3.6千克。如果全国的1.9亿台洗衣机都每月少用一次，那么每年可节能约26万吨标准煤，减排二氧化碳68.4万吨。

（2）每年少用1千克洗衣粉

我们向往的绿色家园

洗衣粉是生活必需品，但在使用中经常出现浪费；合理使用，就可以节能减排。比如，少用1千克洗衣粉，可节能约0.28千克标准煤，相应减排二氧化碳0.72千克。如果全国的家庭平均每户每年少用1千克洗衣粉，1年可节能约10.9万吨标准煤，减排二氧化碳28.1万吨。

（3）选用节能洗衣机

节能洗衣机比普通洗衣机节电50%、节水60%，每台节能洗衣机每年可节能约3.7千克标准煤，相应减排二氧化碳9.4千克。如果全国每年有10%的普通洗衣机更新为节能洗衣机，那么每年可节能约7万吨标准煤，减排二氧化碳17.8万吨。

只要我们平时多注意一点生活习惯，就可以从我们的生活中多节约一份能量，减少二氧化碳的排放，减轻温室效应。用我们的努力去帮助地球避难，这是件多么伟大的事情啊！只是我们的举手之劳，就可以挽救人类共同的家园。

1秒钟，全球环境的巨变

同学们，你们知道吗？一秒钟全球排放的二氧化碳达39万立方米，相当于32栋体育馆的容积。因大量使用煤和石油等石化燃料，1秒钟内会有762吨（即39万立方米）二氧化碳气体被排放到空气中。这个排放量是1950年的4倍，其中的384吨因无法被吸收而不断地被蓄积起来，致使大气中二氧化碳的浓度增加。这便是使地球产生温室效应的最大原因。

众所周知，森林中的树木可吸收二氧化碳并将其转化成氧气。但是，即使有5万棵杉树，其1秒钟内能够吸收的二氧化碳充其量也只有0.01立方米而已。

1秒钟，地球表面的平均气温会上升0.00000000167摄氏度。从1950年到2000年的50年间，地表的平均温度上升了

0.43摄氏度。这是过去九千年间没有过的上升幅度。人们认为造成这种现象的最主要原因是由于二氧化碳气体排放量增加的缘故。

1秒钟，格陵兰岛的冰川融化1620立方米。由于平均气温的上升，格陵兰岛的冰川每年融化510亿立方米。这个量约相当于日本最大的湖泊——琵琶湖容积的1.9倍。冰川一旦融化，整个地球的海平面将会上升，大片土地就会消失。冰川融化这种现象，不只是在格陵兰岛上有，在阿拉斯加和喜马拉雅山上的冰雪、位于欧洲的阿尔卑斯山脉的冰川等，以及世界各个地方都会发生。

1秒钟，全世界使用252吨石化燃料，相当于63辆卡车的装载量。有这样一种说法，煤和石油等石化燃料是“昔日太阳能的罐头”。煤是在古生代（57500万年前~24700万年前）、石油是在恐龙出没的中生代（24700万年前~6500万年前），由埋入地下的生物资源经过漫长岁月的沉积变化形成的。

1秒钟，全世界的天然林会消失5100平方米，相当于20个网球场的面积。假如此刻你站在森林的入口处，就在这

短短的一秒钟内，我们会失去很多。

个时候你脚下的森林正在消失。全世界的森林在1秒钟里消失的面积相当于20个网球场，1个小时就消失5个纽约中央公园的面积，1天就会消失440平方千米，将近日本种子岛的总面积。

这短短的1秒钟，不仅仅能让我们的世界产生很大的变化，还能给我们带来无尽的灾难……所以请珍惜这个美好的环境吧……请为减缓全球变暖尽一份自己的力量吧！

垃圾变能源——发电可实现零排放

同学们，“垃圾”大家都熟悉吧，可是你们知道吗？“垃圾”已经逐渐演变为城市杀手。我们生活在这个城市之中，应该是“循环利用”还是“一埋了之”？我们在为这个选择左右为难头疼时，我们都在为城市垃圾找出路。

目前，垃圾围城已成为全球性话题，而从垃圾处理方式来看，无外乎是控制少产生垃圾，然后搞好回收利用，最后是焚烧或填埋。我们国家强调要减量化、资源化、无害化，那些发达国家是如何表述的呢？首先是尽可能避免产生，但是只要有生活、生产，不产生垃圾是不可能的，而产生以后就应该尽可能地回收利用，

城市里拥挤的车辆

尽可能对其中可生物降解的有机物进行堆肥处理或厌氧消化处理。回收利用目前也分了几个层次，比如说直接利

用，新的衣服穿旧了还可以给其他人穿；啤酒喝完了瓶也可以再装；堆肥和厌氧也是有机垃圾回收利用的一种层次；再有就是对可燃物进行焚烧处理并进行热值回收利用；最后对不能处理的垃圾进行填埋。

所以垃圾处理从方式上讲就是三种：回收、焚烧和填埋处理。如果垃圾能真正得到有效处理，是可以变废为宝的。国内有一些垃圾焚烧发电厂，但低温燃烧过程排放的二氧化硫对人体的危害太大。如果用工业合成炭来发电，可以实现污染物零排放。工业合成炭发电技术，可利用烟囱和蒸汽的全部余热烘干工业合成炭，最后排出的尾气和大气的温度相等，有效控制了温室气体的排放。发电锅炉排出的乳白色粉尘，收集后加入适当的磷和氮，可以生产出最佳的有机农家肥。

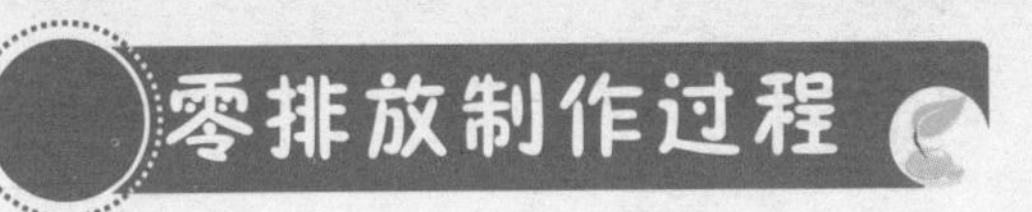

零排放制作过程

把垃圾合成“垃圾煤”，是运用洗煤厂水洗垃圾的技术，在水池中放上一定比例的消毒、除臭和杀菌剂，利用机械正反方向将垃圾中的棉被、蚊帐、衣服、塑料、纸皮和柴草等大件垃圾钩碎。由于受到浮力的作用，这些可燃的垃圾自然会浮在水面上，再将这些浮在水面上的垃圾抽上来粉碎，过滤干。而且水洗垃圾不受颜色和成分的限制，水可以循环利用，实现废水零排放。

洗煤厂

在冲洗垃圾中剩下三分之二的阻燃物质，如砂石、玻璃、重金属等可以重新利用，如果全国城市垃圾中的废纸和玻璃有20%加以回收利用，那么每年可节能约270万吨标准煤，相应减排二氧化碳690万吨。因此，垃圾中的灰渣也可以实现零排放。

回收垃圾，环保发电

从垃圾中提取出我们所要利用的东西，会给我们这个社会带来很多经济价值。相信垃圾能变为能源，发电可实现零排放。我们的天空会更加湛蓝，我们的树会更绿！

低碳购物

同学们，你们平时经常逛超市吗？逛超市的时候有没有记得我们之前学过的应该注意养成的生活中的好习惯，注意节能、减排，过低碳、高质的生活，还我们的地球一个更好的生存环境，给我们地球穿上绿色的隔温外衣！下面就来系统地总结一下购物时我们应该注意做到的环保减排的小事。

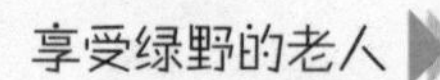
享受绿野的老人

1 自备购物袋或重复使用塑料袋购物

塑料的原料主要来自不可再生的煤、石油、天然气等矿物能源，节约塑料袋就是节约地球能源。我国每年塑料废弃量超过一百万吨，“用了就扔”的塑料袋不仅造成了资源的巨大浪费，而且使垃圾量剧增。

2 购买本地的产品

购买本地的产品能减少在产品运输时产生的二氧化碳。例如：根据环境、食品和乡村事务部公布的一份报告，在英国，8%从车子释放的二氧化碳来自运送非本地产品的车辆。

本地水果新鲜

3 购买季节性的产品

购买季节性的水果和蔬菜能减少温室生长的农作物的量。很多温室都消耗大量的能源来种植非季节性的产品。

一方水土养一方人，本地的食品最适合当地人食用。本地生产的其他商品，维修保养方便且成本低廉。季节性的食品是在最适宜该物种生长的自然生态下成熟的，最富营养，同时也少有各种催生的添加品。而反季节食品不仅价格贵而且营养较少，添加的农药、化肥和催生剂也危害健康。

多吃水果应季

4 减少肉、蛋、奶等动物性食品的采购

饲养家畜要消耗掉2/3以上的耕地；地球上人为产生的甲烷中，畜牧业就占16%。肉类的生产、包装、运输和烹饪所消耗的能量比植物性食物要多得多，其对引发地球温室效应所占人类行为的比重高达25%。

5 少用一次性制品

商场里充斥着大量的一次性用品：一次性餐具、一次性牙刷、一次性签字笔……一次性用品给人们带来了短暂的便利，却给生态环境带来了灾难。它们加快了地球资源的耗竭，所产生的大量垃圾造成环境污染。以一次性筷子为例，我国每年向日本和韩国出口约150万立方米，需要损耗200万平方米的森林资源。

6 不要掉进奢侈品的陷阱

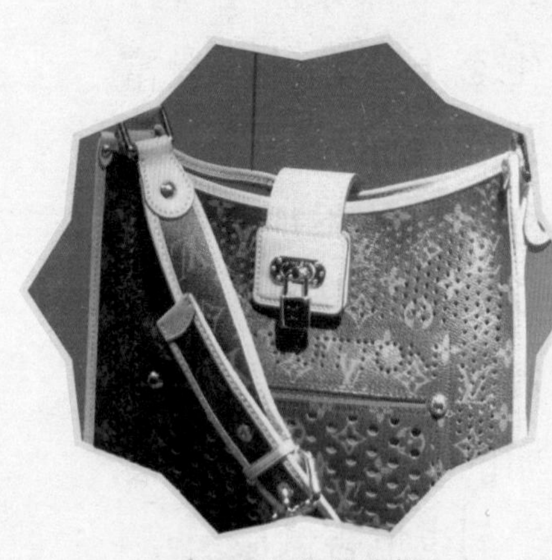

▲现代化的大棚

越时尚的商品，更新换代的速度越快。无论是电子产品还是时髦的服装，商家通过不断地推陈出新，刺激人们的购买欲。那些追求奢侈品消费的“月光族”、“车奴”和“卡奴”，不仅浪费资源，还使自己背上沉重的经济枷锁，究竟是富人还是“负人”，只能冷暖自知。

7 过度包装

注意购买包装简单的产品。这代表在包装的生产过程中，消耗了较少的能量。减少了送往垃圾填埋地的垃圾，也减少消费者的经济负担。

8 使用再循环材料的好处

比起用原始材料制造的产品，用再循环材料制造的产品，一般消耗较少的能源。例如：使用回收钢铁来生产所消耗的能源比使用新的钢铁少75%。

掌握购物的小常识，关心生活中的小细节，养成良好的小习惯，我们就可以做小事，解决大问题，帮地球排忧解难。

节能减排的金点子

说到节能减排，相信大家的第一想法就是：煤、纸、废气、污水……那说到节能减排的金点子时，你又想到了什么呢？我们去植树，我们去治理污水，我们注意平时生活中垃圾的分类，减少能源的损耗，我们使用低碳节能物品……

多乘公交车

其实节能有效的金点子特别简单，那就是：

一、写一条宣传标语。记得有一条宣传标语是这样写的：“地球是我家，环保靠大家！”我们可以以这为基础写一条宣传标语。

二、几条实际可行的方案：

1.多乘公共汽车，少开私家车。（目的：缓解城市交通

压力，减少汽车尾气排放）

2.尽量少开空调。

全球有很多起因为空调而引起的灾难，下面就有两个例子：

A.南极上空的臭氧洞在不断地扩大，大量的紫外线和宇宙射线，正在无情向地球辐射，因此发生了好多起生态灾难。CFC 空调和其他制冷设备的应用，出现故障和报废后，大量的含氯气体释放到大气层外，在紫外线和宇宙射线的辐射下分解。大量的氯离子主动捕捉了本应该保护地球的臭氧层。

B.热岛效应。为了保证居室的温度合适，夏天的空调把大量的热集中排放到大气中，导致夏季城市温度高于郊区，居民区高于广场。空调主要是用于调节温度、湿度、空气的清新度，是夏天用来降温的最好方法。但我们也要保持空调过滤网的干净，否则大量的细菌会给我们的生活

源远流长的河流

环境带来污染，使人易感冒、得空调病。目前大部分空调所用的制冷剂若直接泄漏到空气中会对大气造成一定的污染。主要是破坏大气层的臭氧层。

3.什么东西都有用完的那一天，为了让我们能活得更有意义，让我们的子孙后代能活得更久、更快乐，我们必须保护环境。

可口的素食

4.“周一请吃素”。周一请吃素，为了可爱的动物，为了我们的未来，周一请吃素！

全球暖化让北极熊和人类正在失去家园……

南北极的冰正在快速融化……

抢救地球家园的答案，其实就在我们的餐桌上。

大肆砍伐树木、建立化工厂、胡乱排放有害液体。“对人类威胁较大的气体，世界每年的排放量达6亿多吨……估计到下个世纪中叶，地球表面有三分之一的土地会面临沙漠化的危险，每年有6平方千米的土地沙漠化，威胁着60多个国家……”看见这一组组令人触目惊心的数

字，你们有何感想？从2300万年到1800万年前森林古猿的出现到现在人类高度发达的文明时代，对于大自然的索取从未停止过。我国的木兰溪，在20世纪50年代初原本是一条清澈见底的河流，但现在它已经变成鱼虾绝迹的污河，成为我们地球母亲一道深深的疤痕。

为了可爱的动物，为了我们的未来，为了我们的子孙后代，不，是我们人类，快醒悟吧！

素食为天

随着人们生活水平的提高，肥胖和糖尿病成了新时期的人们的困扰，并被冠以“富贵病”的美称，为了远离“富贵”，人们开始把饮食目标转向素食，告别高蛋白、高脂肪。其实远离肉食不但可以为我们的身体减脂减压，对环境的保护和减少二氧化碳的排出量同样起到了举足轻重的作用。

根据联合国粮农组织的报告，生产肉食所排放的温室气体，其实比全世界的火车、汽车、飞机、轮船加起来还要多得多。

生产一千克牛肉，相当于一辆汽车行驶250千米的碳排量，足够一只100瓦的灯泡点亮20天。一个开吉普的素食者，比一个骑自行车的肉食者更加环保。

人工饲养的鸡

为了生产肉类，亚马孙热带雨林不断被砍伐用作牧场……

你每吃掉一个汉堡，就等于吃掉了一个厨房大小的热带雨林。

全球三分之二的能源，都用来生产和运输动物饲料，70%的耕地都是用来饲养动物的。还有74%的大豆和33%其他谷物，是用来喂养动物，而不是种来给人吃。每隔5秒钟，就有一个儿童死于饥饿。目前全球还有10亿人处在饥饿之中。而我们拿来喂养牲畜的粮食，可以喂饱20亿人。

你要消耗两万升的水，才能够生产出一磅牛肉。这相当于一个人半年不洗澡才能省下的水。全球有11亿人喝不到干净的饮用水，而有70%的水被用来饲养动物。只要所有美国人每个星期都吃素一天。就可以省下1000亿加仑的水，省下15亿磅粮食，省下七千万加仑天然气，相当于加拿大与墨西哥所有汽车所需的燃料。

肉虽鲜美，为了环境，还是要少吃

减少1200万吨二氧化碳的排放，相当于9000万张从洛杉矶到纽约的飞机票。

那如果13亿中国人每周吃素一天呢?

今天我吃素！为了我们长大后还能看到森林，为了可爱的动物，为了我们的未来，每周请有一天吃素。

你可以阻止全球暖化。

你可以改变世界。

你可以做得到。

此外，动物吃进含残余DDT及其他农药的青草或其他植物后，这些毒物积留在动物脂肪中，难以排除……不断累积的结果，使动物肉中含DDT的量为蔬果及绿叶蔬菜的30倍，农药含量为植物的14倍，乳品为5.5倍。人吃肉、蛋、乳品的时候，就把这些高剂量的DDT等农药，全部移入人体内。据研究报道：一位肉食者、一位蛋奶素者、一位素食主义者，

动物生存的绿色草原

三个人身上所含的农药比例是15∶5.5∶1。也就是说吃肉的人身上所含的农药残留是吃素人的15倍。毒素在肉的美味掩护下，进入人的体内，不知不觉中，破坏着人们的身体，到一定的时候，健康就一去不复返了，就算醒悟，也为时已晚了。

可口的素食

同学们，为了我们的身体健康，为了我们的子孙后代，为了可持续发展的中国，为了我们全人类赖以生存的地球。让我们共同呼吁，素食为天！一周请保持有一天吃素，这样，你将为地球减排，你将为地球恒温，你将为地球重新找回健康！

节能装修

同学们，你们都喜欢漂亮的房子吗？喜欢用自己的双手来设计自己的房子吗？我相信每个同学都会给自己的房间加上一些自己的设计，保持自己喜欢的风格，这就是传说中的“装修”，当然是简易的、环保的，而我们家中或者是商场的大型的装修则要复杂得多，也要损耗更多的材料，排放更多的二氧化碳，给我们的环保带来隐患。

因此，当我们家里在装修的时候，一定要注意提醒父母，提倡环保，节能装修，多采用低碳材料，减少高耗能的材料。尽量为地球减压。那么都有哪些材料属于高消耗装修材料呢？现在我们就来认识一下：

装修需节能

1 减少装修铝材使用量

铝是能耗最大的金属冶炼产品之一，减少1千克装修用铝材，可节能约9.6千克标准煤，相应减排二氧化碳24.7千克。如果全国每年2000万户左右的家庭装修能做到这一点，那么可节能约19.1万吨标准煤，减排二氧化碳49.4万吨。

2 减少装修钢材使用量

钢材是住宅装修最常用的材料之一，钢材生产也是耗能排碳的大户。减少1千克装修用钢材，可节能约0.74千克标准煤，相应减排二氧化碳1.9千克。如果全国每年2000万户左右的家庭装修能做到这一点，那么可节能约1.4万吨标准煤，减排二氧化碳3.8万吨。

古代装修的建筑

3 减少装修木材使用量

适当减少装修木材使用量，不但能保护森林，增加二氧化碳吸收量，而且减少了木材加工、运输过程中的能源消耗。少使用0.1立方米装修用的木材，可节能约25千克标准煤，相应减排二氧化碳64.3千克。如果全国每年2000万户左右的家庭装修能做到这一点，那么可节能约50万吨标准煤，减排二氧化碳129万吨。

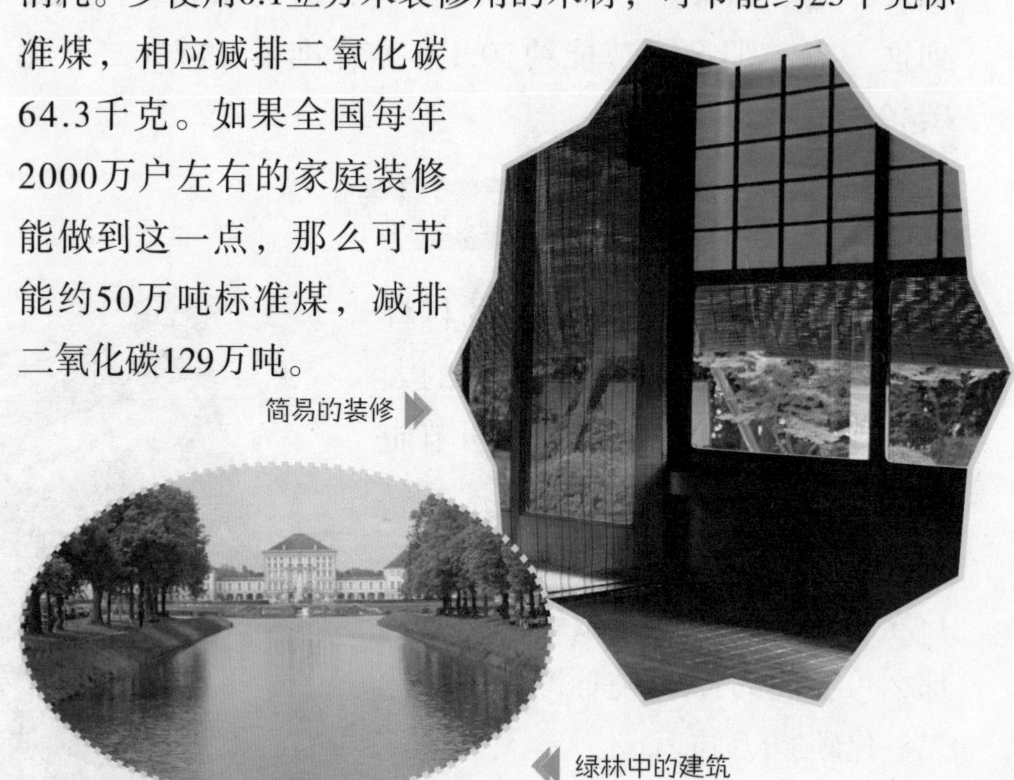
简易的装修

绿林中的建筑

4 减少建筑陶瓷使用量

家庭装修时使用陶瓷能使住宅更美观。不过浪费也就由此产生，部分家庭甚至存在奢侈装修的现象。节约1平方米的建筑陶瓷，可节能约6千克标准煤，相应减排二氧化碳15.4千克。如果全国每年2000万户左右的家庭装修能做到这一点，那么可节能约12万吨，减排二氧化碳30.8万吨。

上面我们说的是正常的楼房的装修，有的同学家里可能还住在相对落后的农村，那么当你们家里装修的时候，你应该注意提醒父母做到什么呢？

5 农村住宅使用节能砖

绿荫环抱的城市

与黏土砖相比，节能砖具有节土、节能等优点，是优越的新型建筑材料。在农村推广使用节能砖，具有广阔的节能减排前景。使用节能砖建1座农村住宅，可节能约5.7吨标准煤，相应减排二氧化碳14.8吨。如果我国农村每年有10%的新建房屋改用节能砖，那么全国可节能约860万吨标准煤，减排二氧化碳2212万吨。

我们看到不管是城市还是农村，合理地采用节能的材料，不但可以把我们的房子装修得美丽大方，同时还能有效地减少二氧化碳的排放量，让地球益寿延年。

环境优美的住宅

抑制城市热岛效应

严重的城市热岛效应不但影响了人们正常的生活和工作，还成为人们生活质量进一步提高和城市进一步发展的制约因素。因此，研究削减城市热岛效应的技术方法，采取各种措施缓解热岛效应的影响，对于提高人们的生活质量，维持城市可持续发展具有重要的意义。

1.热岛效应使得废气只能集中在城市里，不能扩散，造成城市空气污染得不到缓解，致使城市空气质量更差。

2.在“热岛效应”的影响下，城市上空的云、雾会增加，使有害气体、烟尘在市区上空累积，形成严重的大气污染。人类有许多疾病就是在“热岛效应”下引发的。

很多城市已经不再采用玻璃幕墙了，首先是产生光污染，其次造价不菲，一般都是双层的幕墙，隔热效果明显，对于城市来说热岛效应有加剧作用。

因此防治热岛效应，提倡采用节能保温建材，合理规划玻璃幕墙，对地球降温及全人类健康将起到举足轻重的作用。

1.为了缓解“城市热岛效应”，某大学研究生院的一个研究所，目

交通在发展的同时，也给环境带来了压力

前在着手研究开发一种具有轻型纤维强化混凝土特征的蜂窝式混凝土。

2.广泛采用节能保温材料，建设主管部门对节能保温也很重视，下发了专门的节能保温条例，要求工程建设和竣

工验收都要以此为行业标准。因此外墙保温材料及其他节能建材的使用，日趋成为行业的标准。

3.外墙保温体系是20世纪70年代全球石油危机时期，欧洲国家为缓解能源问题而展开的一次大范围的政策性工作的产物。建筑外墙保温节能在我国只有十年多的发展历程，国家政策的支持、市场的需求，促使更多企业和投资者开始关注建筑外墙保温这个行业。

在国家相关规定正式出台之前，外墙保温涂料一直未

得到重视，直至今日，在一些城市仍然使用比较落后的外墙保温材料和工艺。据了解，国内市场，一些大城市，尤其是一级城市的外墙外保温工作做得相对好一些，例如北京和上海等大城市，基本限制较落后的材料和工艺的上市使用；但许多二级城市和其他小城市建筑外墙保温市场秩序较乱，使用的材料和施工工艺显然比较落后。然而外墙保温材料市场需求仍然巨大，随着经济的发展和国家对外墙保温行业相关政策的进一步完善，外墙保温材料市场将进一步扩大和规范，作为理想材料，外墙保温涂料的市场空间更为广阔。

让我们团结一心，宣传环保意识，有效地抑制城市热岛效应，还地球一个凉爽的空间，还人类一个健康的地球！

产业结构的节能减排

高耗能行业——建筑业

遏制高耗能高污染行业过快增长，加快淘汰落后生产能力，加快能源结构调整……中国正在加紧实施一系列措施，调整产业结构，以尽快缓解当前节能减排的严峻形势。

2006年，中国节能减排年度目标没有实现。其主要原因之一是，产业结构调整进展缓慢，服务业比重较低，重工业特别是一些高耗能、高污染行业增长依然偏快，很多本应淘汰的落后产能还没有退出市场。

数据显示，一季度重工业增速比轻工业快了4个百分点，而2006年同期是1.9个百分点；第二产业占GDP的比重已经达到50.8%，而去年同期是49.9%。电力、钢铁、有色、建材、石油加工、化工等行业，占了全社会能源消耗和污染排放的大头。一季度，这六大行业工业增加值同比增长20.6%，比去年同期加快6.6个百分点。政府指出，遏制高耗能高污染行业过快增长，是推进节能减排工作的当务之急，也是当前宏观调控的紧迫任务。要严格控制新建高耗能项目，严把土地、信贷两个闸门，提高节能环保市场准入门槛，严格执行新建项目节能评估审查、环境影响评价制度和项目核准程序，建立相应的项目审批问责制。尽快落实限制高耗能高污染产品出口的各项政策。立即全面落实差别电价政策，提高高耗能产品差别电价标准。清理纠正对高耗能高污染行业的优惠政策。

炼钢也是高耗能行业

落后生产能力是资源能源浪费、环境污染的源头，淘汰落后产能是实现节能减排目标的重要手段。会议提出，要大力淘汰电力、钢铁、建材、电解铝、铁合金、电石、焦炭、化工、煤炭、造纸、食品等行业落后产能。抓紧制定淘汰落后产能分地区、分年度的具体工作方案，并认真

组织实施。

为推进节能减排工作，中国还将完善促进产业结构调整的政策措施，积极推进能源结构调整，促进服务业和高技术产业加快发展。

中国已经确定了“十一五”期间万元GDP能耗降低20%和主要污染物排放减少10%的目标。国家发展和改革委员会《能源发展“十一五”规划》也提出，到2010年，中国能源消费总量控制目标为27亿吨标准煤左右，年均增长4%。

越来越多的建筑

橡胶业的节能减排

在国际金融危机，橡胶及其助剂行业需求萎缩、出口锐减、效益骤滑、生产经营极端困难的严峻形势下，是放弃节能减排，还是狠抓节能减排？

▲通往绿色家园的桥梁

节能减排，是橡胶及其助剂行业生存和发展的基本要求。橡胶及其助剂行业是节能减排的重点、难点和社会关注的热点。最近几年，国家加大了对这一问题的治理力度，取得了明显成效。但由于受金融危机影响，高耗能、高污染的现象又有所抬头。为了从根本上解决这个问题，国家出台了包括橡胶行业在内的工业配套振兴规划，把节能减排列为行业发展振兴的基本要求。国家和各级政府相继出台了节能减排的行业标准和配套的法律法规和政策措施，

加强了节能减排监督管理，强化节能减排目标责任评价考核。2008年，我国化学需氧量排放同比下降了4.2%，二氧化硫排放同比下降了5.95%。2009年要实现化学需氧量排放下降2.1%，二氧化硫排放下降2.7%。这已经促成了橡胶及其助剂行业的一次大洗牌。凡节能减排者发展振兴，凡费能污染者关停倒闭。由此可见，节能减排已不是应对金融危机的短期行为，而是保障行业长期发展振兴的治本之策。因此，在节能减排问题上，犹豫不得，含糊不得，迟疑不得。否则，就要错失良机，坐等待毙。节能减排，是橡胶及其助剂行业降低成本、提高竞争力的基本出路。2009年一季度全国单位GDP能耗同比下降2.89%，降幅同比增加0.27个百分点。中国石化集团公司面对国际金融危机，以节能减排降低成本，提高效能。2008年全年万元产值综合能耗下降2.4%，增效超过150亿元。中石油去年节能192万吨标煤，节水6388万立方米，完成污染减排项目184项。国家橡胶助剂工程技术研究中心与山东阳谷华泰化工有限公司研发的橡胶促进剂NS清洁生产技术及废水资源综合利用技术，将使废水处理能力达到1000吨/天，水利用率高达90%，每年可节约用水9万立方米，同时可回收大量无机盐，有效遏制土壤盐碱化，具有巨大的经济、社会效益。现实表明，节能减排是橡胶及其助剂行业

绿色节能路线

应对金融危机，降低成本、提高效益、增强市场竞争能力的基本出路。因此，节能减排，要坚定不移，一往直前。

节能减排，是橡胶及其助剂行业应对金融危机，调整和优化结构，提高技术含量和附加值的基本保障。为提高橡胶及其助剂行业的科技含量和创新能力，国家出台了多项措施。国家橡胶助剂工程技术研究中心就是全行业技术开发和创新的孵化器。这个中心充分发挥技术凝聚和辐射功能；行业发展重大课题研究的主力和主导功能；项目研发和推广功能；行业信息功能；行业规范和标准功能；行业检验和检测功能，取得了多项科技成果。这个中心自主研发的节能减排技术项目，多效蒸发和生化组合工艺实现了多项创新：采用复合生物氧化法，将生化过程中的高、中、低负荷明显分开，达到了提高生化处理效果、缩短接触氧化时间、专性菌生物接触氧化法处理工艺具有抗冲击

美丽的绿色

负荷能力强、污泥沉降性能好，易于固液分离、运行管理的目的。

加热器选用耐腐蚀性强和传热性能好的钛合金，对于汽水分离室选用耐腐蚀强和价格低廉的HPP塑料材质，以提高设备抗腐蚀性，延长设备使用寿命，使设备故障率降到最低；采用盐净化技术，使产生的无机盐中的有机物有效分离，经过检验，处理后的氯化钠可以满足氯碱行业的技术要求，实现对废水中有价值成分的回收利用；对生产废水和生活污水进行分类处理，有利于工业废水经处理后的回用，减少污水排放量，降低处理费用；本工艺复合生化段的微生物经过培养和驯化，可筛选出适合的专性菌，从而大大提高处理效率；采用蒸发出水回用技术，使蒸发出水作为车间工艺水回用，实现了减少废水排放和水资源再利用；采用溶剂萃取法，溶剂和有机物通过蒸馏实现分离，溶剂可重复利用，残渣盐通过净化处理后，其各项指标均达到了GB/T5462—2003工业盐的要求，可用于工业生产。橡胶及其助剂行业要充分利用国家橡胶助剂工程技术研究中心这一科研平台，认真推广应用科技创新成果，并加快转化为现实生产力，提高行业技术含量和竞争实力，在应对金融危机中，实现行业的高质量振兴。

随着科技的发展，新技术的研制与利用，排碳解难已不再是什么难事。我相信在我们的同学中一定还会出现更多的科学家、发明家，研制出更多更好的减排的技术或者是新的环保的能源，相信在同学们的保护下，我们的地球会更美。

用市场之手，推动污染减排

市场是人们生活中最常去的地方，也是促进经济消费、垃圾的产生和制造大本营。用市场营销带动经济发展，用经济利益来带动那些制造污染的厂家自觉减小污染物的排放，不失为良策。江苏省政府就采取了这个措施，并且已经得到了很好的回应。

2006年，江苏省经济高速发展，主要污染物减排达标，实现了经济与环保的双赢。究其原因，污染物总量控制、市场运作的“独门功夫”功不可没。从国内第一起二氧化硫排放交易到去年尝试的COD排污交易，江苏省步步抢占先机，环保减排的市场化道路顺风顺水。

目前，国家环保总局已经成立总量控制部门，这意味着以国家为主导的排污权交易将全面展开。

前不久，江苏省太仓印染厂搬迁到了港口开发区，生产规模扩大，每天的印染废水排放量由170吨增加到了470吨。由于实行了企业排污总量的控制，想要多排污水，就得找排污指标。而新建的港口污水处理厂所核定的排污总量指标还有一些余量，于是，经过环保部门热情牵线搭桥，双方坐在一起谈“买卖”。双方协商敲定：港口污水处理厂一年卖给对方印染废水排放量9万吨，每吨价格为2.5元。随后，双方签下了为期3年的买卖协议。至此，新的一桩水量排污权交易在江苏省又顺利成交。

清澈的河流已不多见

江苏省是全国环境资源十分稀缺的省份之一，为积极尝试让“市场之手”操纵污染减排新径，前不久，江苏省积极在位于太湖流域的张家港、太仓、昆山市和无锡的惠山区等地，进行了水污染物排放指标的有偿分配试点，一

改过去无偿分配和使用的惯例，不仅要让排污许可证“值钱”起来，而且在实现污染减排的前提下，还可以建立起排污权交易的“买卖”市场。

在江苏省环保厅厅长史振华看来，江苏环保最大的创新，是在全国率先探索了一种全新的机制，那就是“以市场配置环境资源，靠价格杠杆撬动污染减排”。

“环境是资源、环境也是商品”，自从江苏省建立了“以市场配置环境资源，靠价格杠杆推动污染减排”的机制以来，排污权“买卖”市场红红火火。仅以二氧化硫为例，目前，“买方”市场十分活跃，但“卖方”市场却十分奇缺。这样，便形成了价格一路攀升的走势。

当南通市在本地成功成交了第一笔二氧化硫排污权交易的“买卖”时，每千克二氧化硫的“售价”仅为0.2元。随后，南京下关发电厂与太仓环保发电公司完成了首笔异地排污权交易的“买卖”，每千克的“售价”就“疯长”

到了1元。后来，当镇江谏壁发电厂与国电常州发电有限公司成交了又一笔跨市域的二氧化硫排污权交易的“买卖”时，每千克二氧化硫的“售价”已攀升到了1.5元。前不久，投资达5亿美元的太仓玖龙纸业公司，因扩产向苏州市政府“购买”1400吨二氧化硫指标时，每千克又涨到了2元，与首例成交价格相比，已猛涨了10倍。

“我们也能从交易里赚到钱了，治污可不亏！”南通醋酸纤维公司的管理者们心里乐开了花，因为治污得力，昔日“买方”摇身变成了“大卖方”。几年前，这家公司开创了我国首例二氧化硫排污权交易——当初，因生产规模扩大，急需增加二氧化硫排放指标，只好向市场上伸手购买来了“富余”的二氧化硫排放指标。随后，南通醋酸纤维公司通过实施清洁生产和发展循环经济，采用国内最为先进技术与装备，全面对污染物进行围剿，不仅实现了二氧化硫总量控制，而且手中还有了可观的富余指标。

原本的污染大户，也开始环保

以市场之手推动污染减排，让利益控制住嚣张的厂商对污染物的排放。用思想指导行动，这也是减排的良策啊。

地球变暖，不容忽视

同学们，“低碳生活”这个词语现在很时尚，它频频在电视、书报、网络等载体上亮相。那么，什么是“低碳生活”呢？所谓“低碳生活”，就是指在日常吃穿住行时尽力减少二氧化碳排放量的生活方式：为什么全世界都要倡导“低碳生活”呢？因为二氧化碳气体具有吸热和隔热的功能，它在大气中增多到一定程度之后就会形成一种无形的玻璃罩，使太阳辐射到地球上的热量无法向外层空间发散，其结果是使得地球表面变热起来。地球气候变暖，就会导致热带和温带的旱、涝灾害频繁发生，以及冰山融

化，海平面上升，沿海三角洲被淹没等许多不良后果。这就是我们常说的温室效应，全球变暖。因此，减少二氧化碳的排放量是人类刻不容缓的责任。

大海上火红的太阳

变暖的气候

有的同学可能会说“‘低碳生活’那是大人们的事！”，其实并不然，只要心中时时刻刻有“低碳”意识，我们小学生也是比较容易充当“低碳生活”的践行者的。下面给大家介绍一些低碳的小事：①注意节约用电，做到空调不开太低、尽量少用电脑、少乘电梯多爬楼梯、人走电停。有

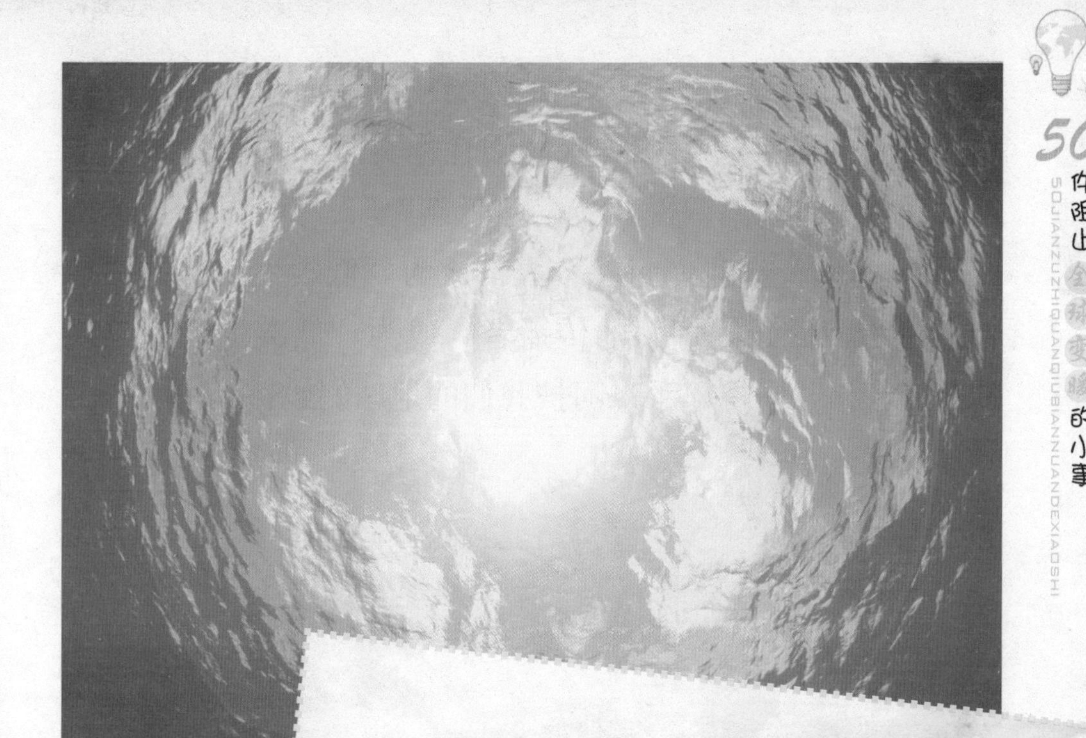

数据统计表明，只要全国所有的空调每调高一度，全国每年就能省下33亿度电。发电机发33亿度电，要排放多少二氧化碳啊！②在家中多种几盆花，让它们多吸收一些空气中的二氧化碳。③和爸爸妈妈去超市买东西，自己带环保袋，不用塑料袋。塑料袋极难自然消溶于土壤中，如果把千千万万的塑料袋

▲地球上的绿野和小水池

焚烧掉，那会产生多少二氧化碳啊！④节约用纸，不用一次性木筷和纸杯，为减少森林损耗作贡献。⑤洗澡时节约用水，并不将水温调得太高。“低碳” ”，其实并不难！

同学们，让我们每一个人都成为“低碳生活”的倡导者，成为“低碳”理念的传播者，成为“低碳生活”方式的践行者，共同携起手来呵护我们的地球妈妈！

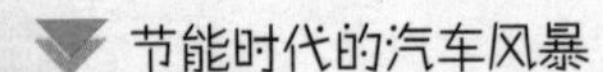

节能时代的汽车风暴

低碳生活并非吝啬度日

时下，为了环保，为了防止我们的地球变暖，我们都在做自己的环保时尚达人。在这里，以往看似吝啬的生活，也是必要的。

1 守护正在融化的冰山

如果不是提倡低碳生活，提倡少用一次性用品，如一次性纸巾、一次性碗筷，人们是不会想起在流逝的岁月里用过的小手帕。

曾几何时，在我们的记忆当中，一条小手帕，方寸之间，却美丽无边！花草鱼虫、飞禽走兽，尽在其中；花边的、滚边的、镶边的，样样齐全；棉的、绸的，白的、红的，应有尽有；书包里，提袋里，无处不在。每天晚上，沐浴之后，便是用心搓洗着白天用过的手帕，洗干净后贴在鼻子上闻着里面发出的香皂味儿，温馨无限。每天换上一两条干净的小手帕，每天就有了不同的新感觉。

不知从何年何月起，一包包千篇一律的小纸巾代替了美丽的小手帕。一次一张，用完一丢，不留情感。无需换

山脉上蔚蓝的天空

洗，使用方便，不留痕迹，却把无数的肮脏留给了大地，无数的垃圾留给了环境，无数的悲哀留给了自然。

2 减少装修钢材使用量

少用钢材

防止地球升温，防治沙尘暴，已经成为改善地球环境的有效措施。地球温度上升也正在成为大家关注的问题，全世界都在想法阻止地球温度升高。目前得到关注的方法是减少二氧化碳排放，这种方法因妨碍经济发展而受到反对，而且，CO_2

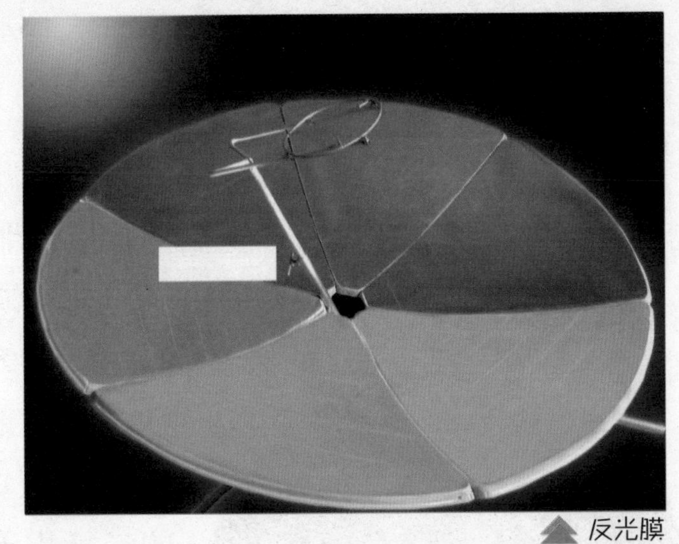
反光膜

在空气中含量不到1%，其温室效应影响地球温度不会比水汽大。

科学家们建议以新的方法降低地球温度——铺设反光膜（板），将太阳光反射出去，尤其是在沙漠地区。每平方千米反光面每天可以减少阳光吸收达2百万千瓦/小时，相当于200吨石油燃烧放出的热量，每年相当于7万吨石油，10万平方千米每年减少阳光吸收相当于70亿吨石油，超过目前全世界全年燃料使用量，比减排二氧化碳更有效。反之,若要防止小冰河或冰河气候，可以用黑膜（板）代替反光板，增加吸收阳光以升高地球温度。

铺设膜板于沙漠同时可以防沙尘暴，还可能因为温度降低增加降雨，使沙漠变成绿洲。这种新方法不会妨碍经济发展，应当受到重视进行研究。

生活在海洋里的鱼群

3 减少二氧化碳排放

说起二氧化碳，无疑会使大家想到温室效应，从某种意义上说，二氧化碳是产生温室效应的罪魁祸首。温室效应是指透射阳光的密闭空间由于与外界缺乏热交换而形成的保温效应，就是太阳短波辐射可以透过大气射入地面，而地面增暖后放出的长短辐射却被大气中的二氧化碳等物质所吸收，从而产生大气变暖的效应。大气中的二氧化碳就像一层厚厚的玻璃，使地球变成了一个大暖房。据估计，如果没有大气，地表平均温度就会下降到零下23℃，而实际地表平均温度为15℃，这就是说温室效应使地表温度提高38℃。

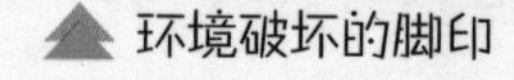
环境破坏的脚印

不要让高温熔化了母亲的躯体，
不要用二氧化碳遮盖母亲的泪水，
听听母亲的怒吼，沉睡的人们，
为了我们共同的地球母亲，请停下你制造二氧化碳的罪恶的双手，低碳减排，让生活更美好，让母亲更健康。

美丽的公园

阻止地球变暖，刻不容缓

同学们，通过讲解，相信你们现在对地球变暖都有了充分的认识和了解。人们焚烧化石矿物以生成能量，或砍伐森林并将其焚烧时产生的二氧化碳等多种温室气体，由于这些温室气体对来自太阳辐射的可见光具有高度的透过性，而对地球反射出来的长波辐射具有高度的吸收性，能强烈吸收地面辐射中的红外线，也就是常说的“温室效应”。

针对于温室效应，我们也给大家介绍了很多日常生活中的小对策。比如：

为了保护我们共同的家园，请多种植树木减慢沙化。

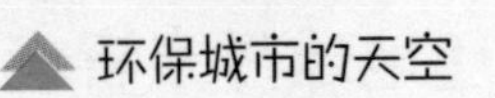
环保城市的天空

为了保护我们共同的家园，请不要再用一次方便袋。

为了保护我们共同的家园，请不要随意扔废旧电池。

为了保护我们共同的家园，请减少二氧化碳的排放。

为了保护我们共同的家园，请每人都爱护花草树木。

为了保护我们共同的家园，请您积极宣传保护环境。

为了保护我们共同的家园，请保护我们共同的环境。

我们除了从衣、食、住、行这四方面节能减排，还应从一些其他的小事上帮地球降温：

一、如果您饲养宠物，请拒绝购买猫狗防虫圈（当您丢弃猫狗防虫圈，其杀虫剂的成分，对地球的杀伤力很强，并会对动物的身体造成严重的伤害）。

二、拒绝购买用动物做实验的产品（大量残忍无谓的动物实验计划，除了浪费纳税义务人的税金，还造成自然基因遗传的问题。）

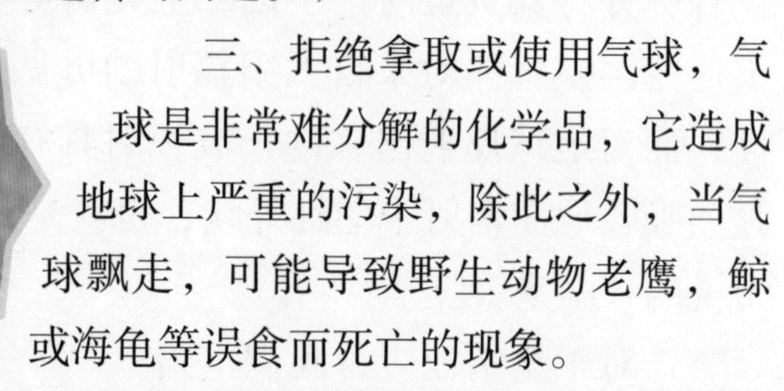

饲养宠物狗的小朋友

三、拒绝拿取或使用气球，气球是非常难分解的化学品，它造成地球上严重的污染，除此之外，当气球飘走，可能导致野生动物老鹰，鲸或海龟等误食而死亡的现象。

阻止地球变暖，方法多多；阻止地球变暖，注意多多；阻止地球变暖，人数多多。让我们全民一起努力，为了我们的地球恢复健康，给它更多的营养，更少的污染，给它更绿的生活，减少黑色的压力，给它清新的空气，封锁可恶的二氧化碳，还地球母亲青春靓丽的容颜。